CASSER TROIS PATTES À UN CANARD

Lucy DUPLOM

CASSER TROIS PATTES À UN CANARD

Roman

© 2024 Lucy Duplom
Édition : BoD – Books on Demand, info@bod.fr
Impression : BoD – Books on Demand, In de Tarpen 42, Norderstedt (Allemagne)
Impression à la demande
ISBN : 978-2-3225-3948-2
Dépôt légal : Juin 2024

À Camille, ma fille chérie,
À Caroline, ma collègue et première lectrice,

« Il n'est pas de hasard,
il est des rendez-vous,
pas de coïncidence… ».
Paroles de Étienne Daho – Ouverture
Corps et Armes (1999)

Chapitre 1

Je me demande ce que je fiche ici, dans cette tenue blingbling que je ressors du placard chaque année pour l'évènement – d'abord par souci d'économie, et surtout parce que je déteste faire les boutiques. En plus, ce soir, ma robe boule à facette me boudine.

J'appuie malgré tout sur la sonnette, et au bout de quelques secondes, Julia m'ouvre la porte avec une coupe de champagne à la main.

— Ma ! Te voilà ! Tu as pu venir finalement ?

— Euh, tu ne m'as pas laissé le choix, Ju.

— Oh arrête ! Tu es quand même mieux ici que toute seule chez toi ! Viens, je vais te présenter.

— Je te rappelle que je ne suis pas toute seule !

Mon amie ne m'écoute pas et m'invite à entrer.

Punaise, elle m'avait dit « une petite soirée à la cool ». Tu parles ! Je balaye rapidement la pièce et je ne compte pas moins d'une trentaine d'invités.

Julia ne peut pas s'empêcher de faire les choses en (très) grand. Il faut dire que son salaire et son appartement le lui permettent. Contrairement à moi : une smicarde qui loue un deux pièces au sixième étage d'un vieil immeuble de banlieue avec une saleté d'ascenseur constamment en panne.

J'ai l'impression que tout le monde me regarde. Ils ont tous l'air guindé et je commence à me sentir mal. Mon amie s'en aperçoit.

— Ils n'ont jamais mordu personne, tu sais.

— Peut-être, mais je déteste être le centre de l'attention, tu le sais bien Ju !

— Euh, là tu te fais des idées. Personne ne te regarde.

— Bien-sûr que si !

Elle n'a pas les yeux en face des trous ou quoi ? Je savais qu'il ne fallait pas que je mette cette robe. L'année dernière elle m'allait encore, mais là, je dois ressembler à une dinde farcie et bien dodue, recouverte de feuilles d'or – c'est le seul côté classe dans cette histoire, voilà le résultat de ne pas avoir de miroir en pied chez soi.

— Allez viens ! reprend Julia, impatiente de me présenter à tous ces « orifices du rectum », pour rester polie.

Je hais ces soirées mondaines où des nanas, arborant des tenues trop sexy pour être élégantes, rient à pleines dents dans le seul but de se faire remarquer par de beaux mâles célibataires qui les ramèneraient chez elles et accepteraient un dernier verre intéressé. Mais Julia tient absolument à ce que je sois là. Elle dit que sans moi la soirée ne serait pas la même. Je n'ai jamais su ce qu'elle entendait par là, mais loin de moi l'envie de la contrarier. Je suis donc au rendez-vous chaque année et, croyez-moi, c'est un vrai supplice de se sentir considérée comme la ringarde de service.

Nous sommes le 31 décembre. Il est minuit moins quelques secondes. Cinq, quatre, trois, deux.

— Bonne annééééééééééééééée !

Mon amie, qui a beuglé avec un peu d'avance, vient de me défoncer les tympans.

Aussitôt, un tintement se fait entendre. Julia requiert l'attention de ses invités et semble vouloir se lancer dans un discours.

Oh non, par pitié ! Je sais d'avance comment ça va se terminer. Chaque année c'est la même chose. L'innovation n'est pas son fort de ce côté-là. J'ai envie de prendre mes jambes à mon cou, mais je me retrouve vite entourée par une horde de *Jean-Édouard* et *Marie-Chantal* visiblement ravie de cette initiative. Trop tard ! Je ne bouge plus et je me mets à prier.

— Bonsoir à tous. Ce sera court, c'est promis. J'adresse tout d'abord un grand merci à chacun d'entre vous pour avoir honoré cette invitation. C'était important pour moi que vous soyez tous présents…

En prononçant ces derniers mots, je remarque qu'elle bouffe des yeux un gars en costard gris, debout avec un verre à la main, à quelques mètres de moi – lui aussi d'ailleurs, semble avoir bloqué sur elle.

— … je lève ma coupe à la réussite de notre cabinet et je nous souhaite encore de belles affaires remportées pour l'année prochaine. Bonne année à tous…

Ça y est, c'est parti. Sortez-moi de là !

— … enfin, je tiens également à témoigner toute mon affection et ma gratitude à ma meilleure amie, Marion, qui me fait le plaisir chaque année d'être là, alors qu'elle préférerait rester chez elle en pyjama devant un film romantique, en dévorant du pop-corn trop gras. Ma, je t'aime fort.

Cette fois, je ne me fais pas d'idée. Tous les regards sont bien braqués sur moi et des rires et chuchotements moqueurs me parviennent du fond de la pièce. C'est officiel, je la déteste !

Décontenancée, je souris timidement. J'ai envie de disparaître.

Chaque année, c'est donc Julia qui organise la soirée du nouvel an. Son appartement est sublime et immense. Le 7e arrondissement est assurément le quartier le plus illustre de Paris – bien qu'il ne soit pas le plus ancien. Elle peut profiter de la tour Eiffel depuis n'importe quelle pièce, même au petit coin, à condition de laisser la porte ouverte. « Cela n'a pas de prix ! » comme elle le dit toujours. Bah si justement ! Et je n'ose pas imaginer le montant de son prêt immobilier – si tant est qu'elle ait eu besoin d'en contracter un.

Je repère le serveur certainement embauché pour l'occasion, et après l'épisode de tout à l'heure, je décide de ne pas le quitter d'une semelle pour le reste de la soirée. J'ai besoin de noyer ma honte. Il semble enchanté lui aussi d'avoir de la compagnie, et au bout de quelques minutes, j'en sais déjà un peu plus sur lui. Il s'appelle Thomas, il a 20 ans, il est étudiant en hôtellerie et accessoirement, il est le fils d'un collègue de Julia – celui avec le complet bleu qui, depuis un bon quart-heure, se goinfre de minis canapés au foie gras.

— Tout va bien Ma ? Tu ne m'en veux pas pour tout à l'heure, c'était pour plaisanter ! m'interpelle Julia.

— Ça va. Heureusement que le champagne est délicieux.

— Il peut l'être, au prix qu'il m'a coûté ! Bon, si tu as besoin de quoi que ce soit, tu me trouveras près du beau brun là-bas. Son accent américain me fait craquer ! Amuse-toi bien.

Elle s'échappe après m'avoir déposé un rapide baiser sur la joue et s'empresse de rejoindre le costard gris de tout à l'heure.

Julia est ma meilleure amie, mais ça n'a pas toujours était le cas. Célibataire libérée et assumée, elle est tout le contraire de moi et n'hésite pas à me ficher la honte devant tous ses collègues. Et sans aucun scrupule. Cependant, j'ai une profonde et sincère amitié pour elle. Et malgré les apparences parfois, je sais qu'elle ressent la même chose pour moi.

Alors que je m'apprête à boire une cinquième coupe de champagne, je me souviens que la nounou devait impérativement être rentrée chez elle pour 04 h 00. Un impératif le lendemain ne lui permettait pas de veiller davantage. C'est déjà très gentil de sa part, d'avoir accepté de garder Louis à la dernière minute.

Je me suis isolée dans le petit salon jouxtant la salle dédiée à la réception de ce soir. L'imposante pendule affiche 01 h 15. J'ai encore un peu de temps. Au centre de la pièce trône un billard français en bois d'acajou de toute beauté – je me demande comment il a réussi à passer dans la cage d'escalier et les couloirs étroits. Il est peut-être démontable, qui sait !

Je savoure le calme ambiant.

Ma tranquillité est vite interrompue par Thomas qui s'avance vers moi avec un plateau en argent à la main – j'ai le même en inox tout rayé mais bien pratique. Un souvenir de mes grands-parents dont je ne peux me séparer.

— Madame, souhaitez-vous grignoter quelque-chose pour accompagner votre champagne ?

— Mademoiselle aurait fait l'affaire, nous n'avons que dix petites années d'écart à ce que je sache !

Ma sèche intonation l'a surpris. Il me répond d'une voix fébrile.

— Euh, je… je voulais juste vous proposer un petit-four. Tous les invités se jettent sur le buffet et je craignais qu'il ne vous reste rien.

Serait-il en train de suggérer d'offrir du solide à mon estomac ? C'est quoi ces manières, je croyais que nous étions copains.

— C'est gentil mais non merci ! rajouté-je sur le même ton agacé.

Puis, sûrement par provocation, je bois d'une traite la coupe que je tiens dans les mains et j'en chope une autre avant qu'il ne tourne les talons. Le pauvre, il doit se demander si je ne souffre pas d'un dédoublement de la personnalité. L'alcool a tendance à me rendre un tantinet ronchonne et susceptible – et c'est peu de le dire. Ce n'est pas bien grave, demain il m'aura oubliée.

Thomas retourne d'où il vient avec ses petits fours… qui avaient pourtant l'air délicieux. Et merde !

C'est donc le ventre toujours vide que j'entame ma sixième coupe de champagne qui sera sans aucun doute la dernière. Je connais mes limites, même s'il est déjà trop tard pour éviter le mal de tête demain au réveil.

Soudain prise de vertiges, je m'assoupis sur le canapé vintage installé à côté du billard en kit.

J'inspecte la pièce. Ça tourne un peu. Beaucoup.

Une grande bibliothèque pleine à craquer de tous les ouvrages de droit dont Julia s'est nourrie pendant ses études, habille tout un pan de mur. D'autres livres aux titres pompeux occupent eux aussi quelques étagères. Elle se les sera certainement procurés dans l'unique but d'en mettre plein la vue à celui – ou peut-être, celle, mais j'en doute – qui s'approcherait d'un peu plus près. L'ambiance est feutrée et appelle à la détente. L'éclairage est assuré par un grand abat-jour en velours frangé, positionné juste au-dessus d'un grand fauteuil qui ne demande qu'à accueillir confortablement un invité, impatient de débuter sa lecture. Ou sa sieste, pour le moins vaillant.

Je me réveille à moitié dans le coltar, il est 02 h 20. J'attrape mon portable pour appeler un taxi, c'est plus raisonnable – et de toute façon, je n'ai pas d'autre choix car ma voiture est mal en point en ce moment.

À peine une demi-heure plus tard, je reçois un texto. Mon *Uber* est en bas.

J'abandonne donc la soirée sans trop me faire remarquer – je n'aurai pas eu beaucoup d'effort à faire pour ça. Le trajet aura duré près de cinquante-cinq minutes. C'est bien connu que depuis Paris-Centre pour rejoindre la banlieue, le nombre de kilomètres ne veut absolument rien dire et le moment de la journée (ou de la nuit), non plus.

Souvent, pour en parcourir ne serait-ce que dix, il n'est pas rare que vous perdiez une heure de votre temps.

03 h 45. J'arrive à point nommé pour permettre à la nounou de s'échapper à l'heure prévue — voire avec un peu d'avance.

Epuisée et surtout très pompette, je ne prends même pas le temps de me démaquiller. J'enlève mes vêtements trop serrés et je me laisse tomber comme une masse sur mon canapé-lit, qu'en femme prévoyante, j'avais pris soin de déplier avant mon départ.

Chapitre 2

Des bruits sourds et la sensation d'être allongée sur un trampoline, me tirent brutalement de mon sommeil. J'ai des haut-le-cœur insupportables.

Louis est bel et bien réveillé. Et à l'inverse de moi, il pète le feu.

Ma première résolution de l'année : arrêter de picoler – ou du moins, pas autant. Ma dernière soirée un peu trop arrosée, m'a coûtée neuf mois d'aigreur d'estomac, quinze kilos en plus sur la balance – dont quelques récalcitrants –, et je ne connais strictement rien sur le géniteur de mon fils. Ni prénom, ni numéro téléphone, ni ami en commun. Même si j'avais voulu le retrouver, je n'aurais pas pu. Croyez-moi, cette période de ma vie n'aurait pas cassé trois pattes à un canard.

Louis, c'est mon fils.

Autant les circonstances de sa conception sont hasardeuses, autant la décision de le garder fut (presque) évidente pour moi. Il est ma raison de vivre. Cela fait un peu plus de deux ans qu'il est entré dans ma vie – vingt-six mois, une semaine et trois jours, pour être précise. J'aurais pu l'être davantage mais j'ai arrêté de compter les heures et les minutes il y a bien longtemps. J'aime la précision mais mon appétence pour les chiffres a ses limites.

Louis est futé et dégourdi pour un petit garçon de son âge. Il apprend vite. Il fera sa première rentrée en septembre prochain. Il sait déjà quelle tenue il portera et espère que sa maîtresse sera aussi jolie que sa maman. Ah, les enfants et leur regard si peu objectif sur leurs parents parfois ! Il prononce de plus en plus de mots et arrive même à faire des phrases sans les écorcher. De temps en temps, j'ai encore besoin de mon décodeur mais il progresse malgré tout. Puis, au grand désespoir de mes jolies décorations en céramique qui n'auront pas fait long feu sur ma table basse, Louis marche depuis presque un an. Il n'a pas hérité de ma couleur de cheveux ni de ma morphologie un peu trapue. Il a de belles boucles blondes et affiche déjà une silhouette athlétique. Il doit tenir cela de son géniteur.

Pour le moment, il ne me pose aucune question à son sujet. Cela changera peut-être lorsqu'il verra les papas des copains à l'école. J'aviserai à ce moment-là de la meilleure façon de lui en parler – si tant est qu'il y en ait une.

Le bip de l'interphone retentit.

Julia est en bas.

Elle a passé la nuit en charmante compagnie et manifestement, elle a réussi à convaincre son amant fraichement dégoté, de bien vouloir l'accompagner chez son amie, trop saoule hier soir, pour s'apercevoir qu'elle avait oublié son portable. Julia est une vraie citadine. Une pure parisienne qui préfère l'affluence du RER aux voitures particulières. Elle n'en a pas d'ailleurs. Cela dit, dans Paris, il vaut peut-être mieux.

Je lui ouvre la porte de l'immeuble et en attendant qu'elle grimpe les six étages à pied – l'ascenseur est certainement encore en panne –, je prépare un bon litre de cette boisson noire tant appréciée des lendemains de fêtes, ainsi que deux aspirines dans un grand verre d'eau. Le cocktail parfait pour éviter de se traîner une migraine toute la journée.

Elle frappe.

Déjà ? L'ascenseur doit être à nouveau en état de marche tout compte fait, et c'est tant mieux.

J'ouvre la porte et découvre avec stupéfaction que mon amie a une mine resplendissante. On dirait qu'elle sort tout droit d'un institut de beauté qui n'emploierait que des produits hors de prix et pas encore sur le marché. J'en reste bouche bée. Un rapide coup d'œil à ma tronche dans le miroir bancal de l'entrée, me rappelle aussitôt que nous ne sommes définitivement pas l'égale de l'autre.

Il y a vraiment des injustices sur cette terre.

— Hello Ma. Tu es partie comme une voleuse hier soir !

— Salut Ju. Tu étais simplement trop occupée pour t'en apercevoir. Bien dormi ? À voir ta tête, je n'en doute pas une seule seconde.

— Impec ! Toi en revanche, j'ai une vague idée de la nuit que tu as dû passer ! ajoute-t-elle en riant.

Et elle se croit drôle en plus. C'est affligeant.

— Tiens, tête de linotte ! Il était bien planqué sous les coussins du canapé. Je suis tombée dessus au moment où…

— Holà ! Garde tous les détails croustillants pour une autre fois, tu veux ! Je n'ai même pas encore avalé mon café.

Bien que je ne lui aie posé aucune question sur son aventure de la veille, elle entre et poursuit.

— Il s'appelle Oliver. C'est un Américain. Apparemment, il est reconnu dans le milieu du commerce viticole international. Je n'ai pas tout compris. En même temps on n'a pas trop parlé, si tu vois ce que je veux dire ! précise-t-elle en se trémoussant de tout son corps.

— Pas besoin d'un dessin en effet !

— Il a été plusieurs fois en relation avec Alex à propos d'importantes affaires, mais j'ignore s'il était du côté des gentils ou des méchants. Je m'en moque en fait, c'était juste pour l'emmerder. Tu aurais dû voir sa tête quand tout le monde est parti et qu'Oliver est resté.

— Oh, j'imagine oui qu'il ne devait pas faire le fier. Ça lui apprendra. Mais ne joue pas trop peut-être.

Elle balaye ma remarque d'un revers de main.

— Bon j'te laisse Ma, je passais en coup d'vent et Oliver m'attend en bas pour me raccompagner chez moi. Repose-toi aujourd'hui ok ? Tu as une sale mine.

— Oui, je sais, tu me l'as déjà dit ! Bye Ju.

Vous l'aurez certainement remarqué, ça fait belle lurette qu'on ne s'encombre plus de la deuxième syllabe de nos prénoms respectifs. Un truc entre nous depuis le collège.

Julia repartira quelques minutes plus tard à bord de la super cabriolée de son Amerloque. Encore un qui n'aura pas su résister à son charme et aura succombé à son regard prédateur. Surtout un de plus qui ne sortira pas indemne de toute cette histoire – aussi courte soit elle. Julia n'est pas encore prête à s'engager dans une relation sérieuse. Elle le jettera comme une vieille chaussette, aussitôt l'aura-t-il déposée chez elle.

Ou peut-être pas cette fois-ci.

Demain, c'est le 2 janvier et c'est la reprise pour tout le monde. Ah, les veilles de rentrée. Je déteste. Toujours la même rengaine : la bonne résolution de se coucher tôt, mais qu'on ne tient jamais, le sommeil agité et rempli de rêves débiles comme courir à poil ou en chaussons derrière le bus, et surtout une flemme incommensurable de repartir dans la routine et voir ses journées rythmées par ce fichu temps qui passe. C'est un dur moment à passer et généralement au bout de la première journée, on a déjà oublié qu'on rentre de vacances.

C'est toute l'histoire de ma vie depuis l'école. Et c'est certainement toute l'histoire de la vie de beaucoup de monde.

Louis retrouvera ses camarades de crèche et surtout Théo, de quelques mois son aîné. Il ne l'a pas vu des vacances. Il les a passées chez ses grands-parents en province. D'ailleurs, Valérie, sa mère et une bonne collègue à moi, m'a confié qu'elle était bien contente de rentrer. Supporter sa belle-mère toute une semaine, lui a provoqué un ulcère à l'estomac. Bruno, son mari, essaie souvent de dédramatiser les choses. Leurs chamailleries durent depuis toujours et elles sont devenues une habitude. Les deux femmes ne se sont jamais entendues, au grand dam de Bruno et son père qui s'interposent constamment entre les deux mégères qui, pour une broutille la plupart du temps, seraient prêtes à s'entretuer.

Et chaque année c'est la même chose.

J'ai hâte d'entendre ses mésaventures. Pour son âge, sa belle-doche a encore de la ressource, elle est coriace ! Leurs péripéties me font toujours autant marrer. C'est mon petit divertissement du début d'année.

Chapitre 3

Quatre ans plus tôt

— Ma, je sais que c'est compliqué, mais il faut te ressaisir. Tu ne peux pas rester cloîtrée chez toi comme ça. Viens avec moi ce soir !

Julia tente difficilement de me convaincre de sortir. Je n'ai pas mis un pied dehors, ni même hors de mon canapé, depuis plusieurs jours.

Il y a deux semaines, je perdais les dernières personnes qui comptaient le plus pour moi et qui m'ont élevée comme si j'étais leur propre fille. C'était presque le cas, à un degré de filiation près. Mes grands-parents ne sont plus là et laissent un vide immense dans mon existence. À cet instant, j'ignore ce qui pourrait le combler et me sortir de cette profonde tristesse qui m'envahit à chaque photo, à chaque odeur et autres souvenirs qui me les rappellent douloureusement.

— Je ne me sens pas encore prête à voir du monde et faire la fête. Ce serait comme les oublier trop vite et leur manquer de respect.

— Si tu veux mon avis, c'est plutôt ce que tu es en train de faire de ta vie, qui est un manque de respect. Après tout ce qu'ils ont fait pour que tu t'en sortes, tu crois sérieusement qu'ils seraient heureux de te voir dans cet état ?

— Non, c'est évident. Mais je n'y arrive pas Ju. C'est comme si j'avais perdu une seconde fois ma boussole.

— Je comprends, mais je ne peux pas te laisser t'enfoncer sans rien faire. Tu te souviens de la promesse qu'on s'est faite, l'année de nos 16 ans ?

— Oui, je ne l'ai jamais oubliée.

— Parfait ! Alors tu vas retirer ce pyjama hideux, coiffer cette tignasse qui tient toute seule et enfiler ta plus belle robe. Tu as quinze minutes. Capische ?

— Je prends une douche aussi ?

— Oui ! Ça, c'est tellement évident que je n'ai pas trouvé utile de le préciser !

Il faut que je me secoue. Julia a raison, je ne peux pas me laisser aller comme ça. Il faut que je le fasse pour eux, pour ma mère, un peu pour moi et surtout pour mon amie – c'est la garantie qu'elle me fiche enfin la paix !

Lorsqu'elle s'est présentée devant ma porte, le doigt appuyé en continu sur la sonnette jusqu'à me faire craquer, je lui ai ouvert cette fois-ci. La maligne aura profité d'un voisin qui sortait, pour s'introduire dans l'immeuble sans passer par la case interphone. Ses douze précédentes tentatives m'ont valu de supporter ses beuglements depuis le trottoir – alors que les fenêtres étaient fermées – et de longs appuis intermittents sur le bouton de l'interphone, à une cadence totalement décousue – elle n'a pas du tout le sens du rythme, mais ça reste entre nous. Même le chien de la voisine s'en souvient encore. Depuis, il aboie à chaque coup de sonnette, même le plus succinct. Il est insupportable ce clébard ! Si ma mémoire est bonne, il ne semblait déjà plus tout jeune lorsque j'ai emménagé il y a sept ans. Ça vit combien de temps un chien déjà ? Oh, je vous entends d'ici ! Ce n'est pas parce qu'on souhaite que quelque-chose se produise, que cela va forcément arriver, n'est-ce pas ?

J'ai mis un temps fou à choisir une tenue. Ces derniers jours, hormis mes pantalons et pulls informes, je ne me suis pas donné la peine de porter des vêtements plus sophistiqués – à part si j'avais voulu séduire mon canapé.

Ravie de me voir plus présentable, Julia glousse, excitée à l'idée de m'emmener dans ce bar qui vient d'ouvrir dans un quartier ancien de la capitale. Bras dessus, bras dessous, nous quittons mon appartement et avant de grimper dans l'ascenseur on se regarde, on se comprend.

Nous nous plaçons l'une en face de l'autre, nous crochetons nos deux petits doigt ensemble et énonçons d'une même voix, la devise qui ne nous a jamais quittées depuis plus d'une décennie : « Je donnerai toujours de l'éclat à ta vie. Éclat de voix ou éclat de rire, je serai toujours là que tu le veuilles ou pas ».

— On y va ?

— Oui, on y va. Merci d'être là pour moi, Ju.

Les transports trop remplis ne m'ont guère enchantée, mais il aurait été impossible de circuler en voiture dans ces rues étroites, réservées pour la majorité aux piétons et aux deux roues.

Dans la vieille impasse pavée, j'admire la façade du bâtiment.

Je suis sous le charme. À la fois sobre et élégant, le lieu invite à y entrer.

Une ancienne librairie a été entièrement rénovée et accueille désormais, du milieu de l'après-midi jusqu'au petit matin, des âmes bien décidées à boire et s'amuser, chacune avec les raisons qui l'auront incitée à pousser la porte : de la plus désespérée, comme moi, qui souhaite masquer pour un temps une immense souffrance ; à la plus audacieuse, comme Julia, résolument déterminée à profiter de l'instant présent.

Le bar est plein à craquer à cette heure-ci.

On entre. Certains regards se tournent vers nous, je déteste ça. Julia elle, semble apprécier, et à la manière dont elle regarde le mec accoudé au bar, je devine qu'elle vient de choisir sa proie pour la soirée.

Un long comptoir en bois massif avec des tabourets hauts et des repose-pieds chromés, habille tout un mur en briques rouges, et des tireuses à bières y sont disposées sur plusieurs mètres. D'innombrables bouteilles d'alcool et autres spiritueux – je n'en connais pas la moitié –, créent une décoration moderne et colorée, bien qu'un peu bordélique à mon goût. L'endroit donne aux trois barmans, concentrés sur leur tâche, un certain sex-appeal. L'art du maniement du shaker a toujours attiré les demoiselles. Surtout si celui qui s'y affaire ne lésine pas sur les démonstrations et numéros de voltiges en tout genre. On se souvient toutes de Tom dans le film *Cocktail.* Je n'aimerais pas être à la place des récipients qu'ils secouent intensément afin que le délicieux breuvage qu'ils contiennent, soit harmonieusement mélangé. Je dois reconnaitre que, même si je n'ai pas du tout la tête à ça, je me laisse prendre au jeu et les regarde avec admiration.

Julia est à côté de moi. En grande discussion avec le client au teint trop bronzé pour être naturel, elle me tourne le dos et n'en a que faire du spectacle de l'autre côté du bar. Lui, boit ses paroles et la dévore des yeux. Je devine sans mal la moindre de ses pensées. Beurk ! Je chasse ces images de ma tête dans la seconde et commande une première margarita.

Puis une deuxième. Et une quatrième.

Un début d'ivresse commence à m'atteindre et bizarrement, j'aime cette sensation. Je reste au bar.

De temps en temps je me lève pour aller danser,

repoussant des hommes un peu trop pressants et voraces. Cela m'horripile !

Julia se charge d'en rappeler quelques-uns à l'ordre sans aucune délicatesse. Aucun d'eux ne bronche et recule même de quelques pas, pour mieux embêter une autre malheureuse qui n'aura rien demandé elle non plus.

Sacré pouvoir de persuasion ma Julia !

Le bar commence à se vider. Je ne compte plus les margaritas – je crois même que les deux dernières m'ont été offertes par la maison. Julia, qui s'est manifestement bien rapprochée de « Monsieur-je-fais-des-UV-toute-l'année », glisse à mon oreille qu'elle va s'en aller. Elle accompagne sa phrase d'une mimique qui ne trompe pas : elle ne rentrera pas seule ce soir. Ils proposent tous les deux de me ramener chez moi en premier mais je refuse.

J'ai besoin de rester.

Je suis à présent seule au bar et un homme s'installe sur le tabouret libre à côté du mien.

Chapitre 4

Mon réveil a décidé de me sortir d'un sommeil paisible à 06 h 30. J'ai envie de l'envoyer valser. Louis, qui a dû me rejoindre dans la nuit, est profondément endormi comme je l'étais encore il y a quelques secondes. Non, je n'ai plus l'âge de faire la fête aussi tard et surtout abuser des bulles comme je l'ai fait. Les lendemains, voire les surlendemains de cuite, sont plus faciles à supporter avec dix ans de moins.

Bien fait pour moi, ça m'apprendra !

Mais qu'est-ce qu'il était bon ce fichu champagne. Je n'en bois jamais, je pouvais bien m'accorder ça, non ?

Mon état vaseux et mon humeur bougonne auront eu raison de moi une bonne partie de la matinée. Ç'a commencé par le joli chemisier que je comptais mettre et qui était toujours dans la panière à linge sale, le dentifrice qui a giclé sur la blouse que j'ai finalement choisi de porter, la tartine qui est tombée côté confiture sur le sol, et Louis qui n'était manifestement pas disposé non plus à me rendre ce début de journée plus agréable. Impossible de le réveiller. J'ai dû le traîner par les pieds jusque sous la douche et une fois parvenue à lui faire un brin de toilette, il n'a rien trouvé de mieux que de courir à poil et trempé dans tout l'appartement. Ce qui m'a coûté une belle dégringolade en voulant le rattraper.

Je quitte enfin l'appartement, accompagnée d'un terrible mal au coccyx.

Une fois sur le palier et chargée comme une mule – entre le sac à langer pour la crèche, mon ordinateur portable, le grand parapluie et la poubelle de la semaine dernière –, j'entame la descente des étages à pied – l'ascenseur a décidé lui aussi de me pourrir l'existence. Cela doit faire la quatrième panne en quinze jours et malgré cela, mes charges locatives ne cessent d'augmenter. C'est insensé !

Tiens, une remarque me vient en tête : à moins qu'il n'ait cessé de fonctionner dans la nuit, l'ascenseur devait déjà être en panne hier, lorsque

Julia est passée. Je réalise alors, qu'elle a probablement monté en un temps record les six étages, sans même être essoufflée ou que cela ne rajoute à son teint parfait quelques rougeurs disgracieuses.

Me remettre au sport. Voilà ma deuxième bonne résolution.

C'est à bout de souffle que j'arrive devant le local poubelle pour me délester d'une partie de ce qui m'encombre. En passant devant le parking réservé aux locataires, je découvre qu'un véhicule est tranquillement installé sur ma place numérotée. Il y a quand même des gens gonflés ! Je paye un supplément de loyer pour ça. Le voleur de place a de la chance pour cette fois car ma voiture attend sagement, depuis une dizaine de jours, que le garagiste daigne lui ouvrir le capot et découvrir pour quelle raison elle a décidé un bon matin de ne plus démarrer. Je pensais pouvoir la récupérer pendant ma semaine de vacances, et ainsi m'éviter les transports en commun, mais manifestement quelqu'un – en l'occurrence mon fainéant de mécano – en a décidé autrement.

Et la journée me réserve encore son lot de surprises.

Après vingt bonnes minutes de trajet dans un bus bondé, où je me demande comment certaines personnes peuvent sentir aussi mauvais dès 08 h 00 du mat', je m'apprête à descendre, mais je suis trop loin du trottoir. Et crotte ! – quand je suis avec Louis, je surveille mon langage. Mes pieds se retrouvent totalement immergés dans le caniveau. Je fais mine de ne rien remarquer et poursuis ma route jusqu'à l'entrée de la crèche, la main de Louis dans une des miennes et le parapluie ouvert dans une autre.

La structure est située au rez-de-chaussée de l'entreprise dans laquelle je travaille. Le Directeur a fait ce choix, selon lui, afin de simplifier la vie de ses employées – que j'écris volontairement avec un « e ». Or, lorsqu'on connaît l'énergumène, on peut s'interroger sur l'honnêteté de cet élan de considération et de générosité envers la gent féminine. Sur ce coup, je ne vais pas m'en plaindre. Cela me permet de déposer Louis à 08 h 15, le récupérer à 17 h 30 et ainsi lui épargner les longues journées de garde que subissent beaucoup d'autres enfants moins chanceux.

Louis est habitué à ce que je le laisse le matin. Maintenant, c'est tout juste s'il m'effleure la joue d'un baiser quand je franchis la porte dans le sens inverse, alors qu'il y a encore quelques mois, c'étaient les grandes eaux. D'une certaine manière, je préfère ça. Même si mon côté maman poule en prend un sacré coup dans la gueule – je suis à nouveau seule, je peux dire des grossièretés. Elles ont un effet relaxant sur moi, un peu comme le bruit blanc de l'eau qui coule ou celui de l'aspirateur. D'ailleurs Julia, qui a été témoin de mes nombreuses crises d'usage intempestif de ce dernier, pense que je devrais me faire soigner.

En rejoignant l'entrée principale du service commercial, je peux admirer ma magnifique silhouette dans la façade du bâtiment, entièrement composée de vitres sans tain. Ces structures modernes ne sont pas du tout ma tasse de thé, tout comme les cabines d'essayage dans lesquelles on se voit sous toutes les coutures. Je tombe en dépression à chaque fois que je ressors de l'une d'elles – bien que mes virées shopping soient extrêmement rares.

Je pourrais fermer les yeux et ainsi m'épargner cette vision épouvantable, mais je risquerais de me prendre la porte vitrée en pleine figure. Mal habillée certes, mes collègues sont habitués, mais avec le nez qui pisse le sang, ça risquerait de les inquiéter et je devrais à nouveau changer de chemisier. Je garde donc les yeux ouverts et découvre mon reflet : une espèce en voie de disparition – si tant est qu'elle ait déjà existé –, accoutrée d'un sac à patates, avec des chaussures trempées qui laissent des empreintes de boue derrière elles, et salissent le hall que l'agent d'entretien vient tout juste de nettoyer. Je baisse la tête et me faufile dans l'ascenseur dont les portes sont en train de se refermer. Au moins, au boulot je peux compter sur lui.

Arrivée à mon poste de travail, je retire mes chaussettes et mes baskets dans l'espoir qu'elles puissent sécher sur le petit radiateur et ainsi m'épargner une bonne crève le lendemain.

Je suis salariée dans cette entreprise depuis sept ans. Je travaille trente-sept heures par semaine à vendre des contrats d'assurance à des éternels insatisfaits, qui n'hésitent pas à me raccrocher au nez quand la réponse apportée ne leur convient pas, et mon salaire ne me permet pas la moindre folie. Mais j'aime ma vie comme elle est.

Enfin je crois.

Il est 08 h 30 et une première sonnerie marque le début de cette journée. Je place le casque sur mes oreilles et clique sur le bouton vert pour prendre l'appel.

Chapitre 5

Julia et moi fréquentions le même collège.

À cette époque, je la haïssais. Un peu d'humilité ne l'aurait pas étouffée. Moi en revanche, je l'aurais fait volontiers pendant son sommeil. Première de la classe et ultra populaire, elle se croyait au-dessus de tout le monde et le faisait bien savoir. Elle passait le plus clair de son temps à se vanter à qui voulait l'entendre – et même à qui ne le voulait pas –, que ses parents richissimes l'amenaient visiter un pays différent à chaque période de vacances scolaires. Le jour de notre rentrée en quatrième, elle s'est ramenée vêtue d'un kimono en soie naturelle tout droit arrivé du Japon le mois précédent. Elle l'exhibait devant toute la classe. Il était moche en plus. Mais je suis peut-être de mauvaise foi. Les Geishas sont pourtant très belles mais je n'arrivais pas à lui trouver une quelconque ressemblance objective.

Bien que cela nous paraissait inconcevable, nous nous sommes rapprochées, le jour où dans la cour de récré, une pimbêche s'en est prise à moi parce que j'avais gentiment ramassé le manuel de mathématiques de son petit ami, à qui elle pensait que je faisais du gringue. Au départ, Julia s'est amusée de la situation puis, contre toute attente, elle a pris ma défense en se jetant sur Tiffany, alias la pimbêche. Elle criait « Laisse Ma tranquille ! ».

J'ai appris quelques semaines plus tard que ce cher petit ami fricotait aussi avec Julia.

Je n'étais donc qu'un prétexte pour qu'elle colle une bonne raclée à sa rivale mais je m'en fichais. Julia me fascinait. J'enviais son assurance et côté si inaccessible. Je pensais que je n'étais pas digne d'elle.

Je me trompais.

Depuis ce jour, nous ne nous sommes plus quittées, même pour aller aux toilettes – quelle femme se rend seule aux toilettes ? –, et c'est donc en hommage à cet élan d'héroïsme, qui aura valu quelques griffures et mèches de cheveux en moins à cette pauvre Tiffany, que naîtront nos surnoms monosyllabiques.

On a terminé le collège et on a passé les années lycée toujours collées l'une à l'autre. Puis, les parents de Julia, tous les deux médecins très engagés, n'ont rien trouvé de mieux que de partir en mission humanitaire à l'étranger. Nous ne nous sommes pas vues pendant plusieurs mois. Julia est rentrée en France pour commencer ses études de droit l'année scolaire suivante. Cette vie de vagabondage et sans attache ne lui convenait pas. Œuvrer pour le bien, oui, mais elle préfère le faire devant un tribunal avec des plaidoyers bien rodés.

Julia travaille dans un cabinet d'avocats renommé, situé en plein cœur du centre d'affaires du 1er arrondissement. Cela lui permet de justifier d'une adresse prestigieuse auprès de ses clients. Je crois même que récemment, elle est devenue associée. Ça en jette ! Elle gagne en un mois ce que je déclare en un semestre, ou presque. Julia aime son métier et elle le fait avec une certaine virtuosité que je lui envie.

Ses parents eux, ont fait le choix de rester. Julia en parle très peu. Ils ne prennent des nouvelles qu'une fois par an pour son anniversaire. Et quand ils y pensent. Elle aimerait pouvoir les contacter plus souvent, mais leurs conditions de vie nomades rendent les choses plutôt difficiles.

Elle s'est fait une raison.

Ses parents ont choisi une vie – aussi remarquable soit elle – dont elle ne fait plus partie depuis longtemps.

Julia enchaînait les longues heures de cours et les moments passés ensemble devenaient de plus en plus rares. Pour ma part, je rêvais de devenir photographe spécialisé dans les nouveau-nés, mais un drame familial survenu lors de mon année de Terminale, m'a propulsée dans la cour des grands malgré moi, avec des responsabilités que je n'imaginais pas. Je cumulais les petits boulots. Au vu des circonstances de l'époque, arriver jusqu'au bac et l'obtenir relevait déjà de l'exploit, alors je ne me sentais pas de prolonger plus loin mes études.

Avec Julia, on essayait tout de même de partager un resto par semaine. C'est devenu notre rituel. Et il existe toujours depuis toutes ces années. Les potins du jeudi soir n'attendent pas.

Et les pizzas non plus !

Chapitre 6

Ce n'est pas humain de travailler un 2 janvier.

Dorénavant, je propose que cette journée soit fériée, en l'honneur de tous ceux qui fêtent le nouvel an et croient qu'ils ont toujours 20 ans. On peut toujours rêver mais je préparerai un petit courrier pour Matignon, juste au cas où.

Après avoir récupéré Louis à la crèche, je fais le chemin inverse dans ce même bus rempli de personnes, qui manifestement elles non plus, n'ont pas trouvé le chemin de leur salle de bain ce matin – ce qui toutefois est plus compréhensible après une journée de travail.

Enfin de retour à la maison, je suis ravie de lire un texto de mon garagiste qui m'informe que ma voiture est prête. Enfin. Je redoute la facture mais, tant pis, je ne ferai pas deux journées de plus dans les transports. J'irai la récupérer demain après le travail.

Nous avons dîné, Louis est couché. Je m'installe dans mon canapé pour feuilleter les magazines à potins que j'ai empruntés l'autre jour dans la salle d'attente de mon médecin. Bah quoi ? Il m'a fait poireauter pendant plus d'une heure. Après tout, à quoi ça sert de fixer des rendez-vous ! Mais, je les lui rapporterai lors d'une prochaine consultation. C'est promis.

Alors que je dévore des yeux un article passionnant, révélant que le mari d'un célèbre mannequin autrichien a été surpris par des paparazzis, sortant d'un hôtel avec à son bras une jeune actrice blonde siliconée, mon portable se met à vibrer.

C'est Julia.

Toujours friande de ses histoires de fesses, je décroche aussitôt.

— Hello Ju ? Comment tu vas ?

Emportée par une colère que je ne lui connais pas, je ne comprends pas un seul mot qui sort de sa bouche. Je lui demande de ralentir la cadence mais c'est comme si mes paroles ricochaient sur l'écran de mon téléphone sans lui parvenir aux oreilles. Elle continue de me causer en russe – ou je ne sais quelle langue, je me suis arrêtée à espagnol LV2 –, néanmoins j'arrive à relever quelques mots qui, une fois remis dans l'ordre, me permettront peut-être de comprendre ce qu'elle est en train de me raconter.

Julia a déjà raccroché.

De toute évidence, elle ne m'appelait que pour vider son sac et aucunement pour prendre de mes nouvelles. Parfois, ces habitudes égocentriques auraient vite fait de me pomper l'air.

Mon téléphone toujours collé à l'oreille, je parle à haute voix sans personne à l'autre bout.

— Sinon de mon côté, dure journée de reprise mais je vais bien, je te remercie !

J'ai pris soin de recopier les mots que je suis parvenue à choper au vol et tente à présent de reconstruire le puzzle.

Ricain, Connard, 20 h 00 tapantes, Voiture, Demain, Casser, Pizza.

Il me faudra à peine quelques secondes pour décrypter tout ça : son ricain de l'autre soir, qu'elle considère à présent comme un connard, lui a fait un coup bas, et avant de casser je ne sais quoi, elle m'attend demain à 20 h 00 dans notre pizzeria favorite.

Je me prépare déjà à l'écouter de se plaindre et surtout à me goinfrer de choses que tous les spécialistes du régime voient d'un mauvais œil.

Et que je ne sois pas en retard ! Je me souviens qu'elle a bien insisté sur « 20 h 00 tapantes ». J'ai la pression. Il va falloir anticiper un max, c'est toujours la galère de rouler dans cette ville.

Je ne tarderais pas à trouver le sommeil ce soir-là.

La journée du lendemain s'est déroulée sans encombre, et contrairement à la veille, j'ai pu m'asseoir dans le bus. J'avais tout de même prévu une petite fiole d'huiles essentielles juste au cas où. Mes narines s'en souviennent encore et j'empeste la lavande.

Il est presque 18 h 00. Avec Louis, nous descendons du bus deux arrêts plus tôt pour rendre visite à mon charmant garagiste – qui n'a de charmant que le nom.

Monsieur Joly ne doit pas dépasser le mètre soixante, il a une bedaine disgracieuse et pas un poil sur le caillou. Sa tête chauve – qui rappelle une boule de bowling – est emboîtée entre ses deux épaules comme si la nature ne l'avait doté d'aucun cou. Et pour finir, il a l'haleine nicotineuse et trois chicots en moins.

Il m'explique dans un jargon incompréhensible, qu'il a dû remplacer le truc-bidule du machin-chose et réaliser les révisions classiques. Puis, il me tend la facture. J'y regarde à deux fois, j'ai l'impression de voir triple. Je pense qu'il y a une erreur mais apparemment non !

— Vous acceptez les paiements en plusieurs fois ?

Au vu de la réponse sans équivoque, je repars la queue entre les jambes – cette expression a-t-elle du sens quand on est une femme ? – et démunie d'un chèque à trois chiffres qui je l'espère ne sera pas rejeté par la banque.

Il m'a vue et revue celui-là ! Je suis néanmoins ravie de pouvoir récupérer ma voiture en bon état de marche.

Impossible de trouver une nounou en si peu de temps. Je m'organise alors avec Valérie pour qu'elle s'occupe de Louis pour la soirée. Elle accepte sans aucun problème et me propose de le garder à dormir et de le déposer à la crèche le lendemain matin. C'est la première fois que je confie la chair de ma chair à quelqu'un pour la nuit. Je culpabilise un peu mais une fois arrivés, je constate que Louis est à l'aise. C'est essentiellement grâce à Théo. Ils s'entendent à merveille, surtout quand il s'agit de faire des bêtises.

— Merci encore et bon courage avec ces petits monstres. Doudou Panpan est dans son sac s'il le réclame.

— Tout ira bien Marion, ne t'en fais pas. Amuse-toi et à demain matin. Fidèles au poste ! fit-elle avec un poing levé.

Valérie est l'aînée d'une fratrie de six enfants et s'est toujours occupée de ses frères et sœurs plus jeunes. C'est donc, tranquillisée, que je lui confie ma progéniture qui, je l'apprendrai plus tard, aura négocié d'être ainsi gardée tous les jeudis suivants – ras-le-bol d'une nounou différente à chaque fois, apparemment. Merci Valérie.

Je couvre Louis de baisers mais il se débat, impatient de rejoindre son compagnon de jeu.

Tant pis pour le crève-cœur. Je m'échappe.

Chapitre 7

Je mets un temps fou à trouver une place.

J'ai dû brailler au bas mot une dizaine d'insultes pas très jolies, jolies ! Et les nominés sont : un chauffard encore plus en retard que moi, qui a failli m'envoyer dans le décor avec son 4x4, et un cycliste champion de slalom à ski, qui m'a coupé la route m'obligeant à écraser la pédale de frein avec les deux pieds. D'un peu plus, l'automobiliste qui me suivait, me percutait de plein fouet, mais heureusement, il a eu le même réflexe que moi. La gomme de ses pneus a laissé quelques traces sur le bitume.

Me voilà enfin garée. J'avais presque oublié les joies de la conduite en ville mais au moins, fini le bus qui chlingue !

La pizzeria affiche complet, même un soir de semaine et surlendemain de fêtes, c'est dire si ce qu'on y mange est délicieux. Ou peut-être tout simplement parce que les gens n'ont pas envie de se remettre aux fourneaux après le grand rush des réveillons.

Je pousse les portes du resto avec dix minutes de retard (oups !). Julia, quant à elle, est très certainement arrivée en avance si j'en crois le verre qu'elle est en train de boire et son frère jumeau vide à côté. La couleur de son breuvage, la taille du verre et toutes ces décorations me rappellent un *Sex on the Beach*. Son préféré. Pourtant réputé pour être consommé lors de soirées d'été, Julia s'en contrefiche. Elle boit ce qu'elle veut quand elle veut. Et en l'occurrence celui-ci semble parfaitement indiqué pour soigner ses lendemains de rupture. Je reconnais qu'habituellement au bout du troisième, elle cesse d'être en boucle et oublie l'être tant détesté quelques heures auparavant.

Courage, plus qu'un et nous sommes sauvées. Enfin surtout moi.

Je m'installe à notre table et commande deux verres de vin blanc pour rattraper le retard. J'entame la conversation, Julia a toujours le nez dans son cocktail. C'est à se demander si elle s'est aperçue que j'étais arrivée.

— Salut Ju. Bon raconte-moi ce qui t'arrive.

Elle lève les yeux vers moi et aspire une grande gorgée avec sa paille – une descente vertigineuse. Elle continuera de la mâchouiller, jusqu'à ce que le serveur comprenne qu'il faut remettre ça. Punaise, elle va finir dans un sale état si elle ne calme pas un peu le jeu.

— D'habitude c'est moi qui décide quand c'est fini. Tu vois Ma, jusqu'à cette fois, j'arrivais toujours à garder le contrôle sur mes relations. Mais là ! Il a fait fort le bougre.

Un bras levé, elle attend que le serveur la remarque pour lui apporter un autre verre.

— Tu devrais peut-être ralentir un peu, non ? On vient juste de commencer et tu en as déjà engloutis deux. Mange au moins quelque chose.

Je lui tends le ramequin de cacahuètes gentiment offert par la maison avec nos apéros.

— Je n'ai pas faim ! dit-elle tout en plongeant ses doigts dans les arachides.

Elle n'a tellement pas faim, que lorsqu'elle retire sa main, je constate qu'il n'en reste plus que deux.

J'ai intérêt à les savourer celles-là !

Le troisième cocktail arrive et j'ai à peine commencé mon premier verre. Le serveur en profite pour prendre notre commande et se permet d'intervenir avant que nous ouvrions la bouche. Cela aura le mérite de nous rappeler que nous venons un peu trop souvent ou que nous devrions tester de nouvelles recettes. Qu'est-ce que ça peut bien lui faire ?

— Bonsoir Mesdames. Alors, ce sera comme d'habitude ? Une reine et une chèvre ?

Je vous laisse imaginer qui est la reine et qui est la chèvre.

Finalement, on acquiesce avec un sourire gêné. Ce n'est pas cette fois-ci qu'on changera nos habitudes.

— Donc, tu me disais qu'il avait fait fort l'Américain. Que s'est-il passé pour que ça te mette dans un état pareil ?

— Bah, figure-toi que lorsque je suis repartie de chez toi, il m'a raccompagnée. Forcément puisque c'était sa voiture. Une belle décapotable, entre parenthèses, avec des sièges en cuir qui collent un peu aux cuisses malgré les collants, mais bon…

— Va à l'essentiel s'il te plaît sinon ça va être compliqué de te suivre !

— Oui pardon, donc il m'a raccompagnée et pendant que je descendais de sa fichue bagnole, bien trop basse pour s'en extirper avec classe, il m'a mis une main bien appuyée aux fesses ! Il a dit qu'il s'était bien amusé la nuit dernière mais qu'on en resterait là. Non mais tu te rends compte Ma ?

Euh non, pas tellement à vrai dire, mais bien évidemment je garde cette réflexion pour moi et essaye de prendre un air offusqué.

— Ah ! Tu vois toi aussi, tu trouves ça gonflé. Mais pour qui il se prend ce mec ? Un tombeur gominé auquel aucune femme ne résiste ? Bah voyons ! C'est moi qui décide quand et comment ça finit.

— Tu ne crois pas que tu y vas un peu fort là ?

Elle me fusille de son regard bleu intense et reprend une gorgée encore plus balaise que la précédente. Je me demande comment elle fait pour en aspirer autant d'un seul coup. On dirait qu'il y a un siphon sous le verre et que le liquide s'en échappe aussi rapidement que l'eau du bain.

Nos plats sont servis. J'entame mon deuxième verre de vin et je salive devant ma pizza au chèvre.

Julia n'a pas réagi à ma dernière remarque. Je pense en effet, que sa fierté en a pris un sale coup. Elle a dû réaliser que d'ordinaire, c'est elle qui se comporte comme ça envers les hommes qu'elle séduit. Ce n'est peut-être que le juste retour des choses. Vous devez me trouver un peu sévère envers mon amie, mais ce qui s'est passé hier aura peut-être l'avantage de lui ouvrir les yeux. Désormais, j'espère qu'elle apprendra à connaître celui sur lequel elle aura jeté son dévolu, avant de franchir le cap de la première nuit… dès la première nuit. C'est pas gagné, mais je garde espoir.

La soirée se poursuit tranquillement avec des conversations simples et des délires qui nous ressemblent. Julia commande un quatrième verre.

Au moment de grimper dans ma voiture, je râle en découvrant qu'un pigeon s'est soulagé, bien comme il faut, sur mon pare-brise. Et côté conducteur en plus. J'espère que Monsieur Joly aura pensé à vérifier le niveau du liquide lave-glace.

Le retour à l'appart s'est donc fait avec de la musique à fond, des paroles chantées dans un anglais approximatif, des chorégraphies débiles au volant, et une grosse trace de fiente fraiche étalée devant mes yeux. Les balais d'essuie-glace, vitesse maximale, n'y ont rien changé !

Chapitre 8

Lorsque je franchis l'étroite entrée du parking, je me dis que je n'aurais pas dû suivre Julia et m'arrêter au troisième verre. Ma voiture a failli y laisser des plumes. Ce n'est pas prudent d'avoir pris le volant dans mon état. On ne m'y reprendra plus, c'est promis.

Aussi vite qu'une limace enceinte, je longe la rangée de véhicules et au moment de rejoindre ma place, je m'aperçois que la grosse allemande noire clinquante occupe toujours les lieux.

Trop c'est trop !

Je récupère un vieux ticket de caisse qui traîne dans le vide-poches et j'abandonne ma voiture en vrac. Munie d'un stylo, je me dirige vers l'autre véhicule d'un pas décidé, mais plus très droit. Il va voir de quel bois je me chauffe celui-là ! Je m'apprête donc à laisser un mot peu sympathique sur le pare-brise, quand, au même moment, une voix ultra sexy surgit derrière moi.

— Bonsoir Mademoiselle, je peux vous aider ?

Et dire qu'une circulaire officielle vise à supprimer ce terme des formulaires administratifs. C'est n'importe quoi ! Perso, ça me convient très bien.

Surprise, je redresse brutalement la tête. Merde, ça tourne. Je me retiens discrètement au capot pour ne pas me casser la figure, ça ferait mauvais genre.

Et là, c'est le premier choc.

Je découvre un homme, la petite trentaine, élégant et bien proportionné – entendez par là, tout ce qu'il faut, là où il faut –, des cheveux blonds en bataille légèrement ondulés qui retombent négligemment sur le haut de son front, et de grands yeux noisette.

À cet instant précis, si ma mâchoire pouvait se disloquer à la simple vue de cette magnifique créature, je serais déjà en train de la piétiner. Et pas franchement belle à voir non plus.

Je me risque à lui répondre dans mon état. *Je lui souhaite bien du courage !* Qui me parle ?

— Salut… Euh pardon… Bonjour… enfin, je veux dire euh… Bonsoir… Bref euh… c'est votre voiture ça ?

Lorsqu'il aperçut mon visage, son expression a changé. Il eut l'air surpris. Il n'a peut-être jamais vu de nana bourrée ! *Oui, c'est certainement ça !*

Puis, sans rien laisser paraître, il poursuit.

— Oui, en effet, c'est la mienne. Il y a un problème ?

Alors, mon cher, si tu n'étais pas aussi craquant, je pense que je t'aurais gentiment demandé de dégager ta salle bagnole de bourge de ma place de parking et d'aller t'en acheter une, voire plusieurs si tu veux, car tu en as certainement les moyens.

Au lieu de ça :

— Alors euh… non, il n'y a pas vraiment de … de problème, euh… c'est juste que vous êtes garé sur ma place et euh… je ne sais pas où me mettre du coup.

Que de la gueule, bravo Marion !

C'est vrai que sur le coup, je ne sais vraiment plus où me mettre. C'est pathétique de perdre ses moyens à ce point-là – même si les quatre verres de vin n'arrangent rien… ou peut-être cinq, je ne sais plus, j'ai arrêté de compter au troisième.

— Oh, je suis vraiment confus. Je suis arrivé seulement hier et je repars demain matin. Je la déplace tout de suite. Je rends visite à quelqu'un qui est locataire dans le même immeuble que vous, au 34B.

— Mademoiselle Joubert ?

— Exactement.

— C'est ma voisine de palier. Je suis au 34A. Nous nous croisons quelques fois. Elle travaille de nuit comme infirmière. C'est une jeune femme vraiment charmante.

— Oui, très charmante, en effet !

À ce moment-là, je ne sais pas de qui il parle précisément. Je me sens observée un peu trop dans les détails. Et voilà que je rougis. Je reste muette.

— Je libère votre place et c'est promis, vous n'entendrez plus jamais parler de moi.

Je n'en demandais pas tant tout de même ! Je tente un truc.

— Euh… sinon, vous pouvez demander au gardien. Il me semble que les deux places du fond sont vacantes. Vous pourrez alors revenir quand vous voudrez… et sans qu'une FFFB ne vous laisse un mot désagréable sur votre pare-brise.

Bien essayé ma vieille, mais je ne sais pas à quoi ça va t'avancer, étant donné qu'il batifole avec ta bombasse de voisine. J'entends des voix dans ma tête depuis tout à l'heure. Qui est là ?

— C'est quoi une FFFB ?

— Euh… une folle furieuse fort bourrée.

Il me considère avec attention. Je me sens mal à l'aise. J'ignore ce qu'il pense à cet instant précis et je regrette déjà ces mots, c'était totalement idiot. Puis, il me sourit. Finalement, il apprécie peut-être mon humour pourri. Enfin, sans rien dire, il grimpe dans sa voiture et entame une marche arrière. Quoi c'est tout ? Il ne va pas me planter là après ce que je viens de lui sortir !

Une fois à ma hauteur, il s'arrête et abaisse la vitre côté conducteur.

— Enchanté, folle furieuse fort bourrée, moi c'est Nathan.

Deuxième choc.

Incapable de répondre quoi que ce soit, je me contente de sourire comme une idiote. Il me le rend naturellement, laissant apparaître ses dents blanches parfaitement alignées et une petite fossette sur la joue droite. À cet instant précis, je crois que j'ai la bouche grande ouverte. La classe !

Il continue de me regarder d'une façon que je perçois comme… du désir ? *N'exagérons rien non plus !* À tous les coups, s'il est aussi gourmand que moi, il doit me prendre pour un gros baba au rhum… bien imbibé !

Toujours silencieux et ses yeux rivés sur moi, il remonte sa vitre puis tourne la tête et quitte le parking. Je le regarde s'éloigner, incapable de bouger. Pourvu qu'il ne soit pas en train de me mater dans son rétro, j'ai l'air d'une cruche.

Mais qu'est-ce que je fous ? *Bah, aucune idée, tu comptes peut-être dormir sur le parking.* Encore ces voix ! Julia, c'est toi ?

Je gare enfin ma voiture. Une bonne nuit de sommeil s'impose. J'entre dans l'immeuble par le local poubelle et constate avec joie que l'ascenseur fonctionne. Tant mieux. Dans mon état, j'aurais été incapable d'assumer les quatre-vingt-dix-huit marches jusqu'à la dernière sans m'écrouler en chemin – je les ai comptées avec Louis. Lui, s'est arrêté à douze. Une fois devant ma porte, et après deux tours de clé, j'entends retentir le *ding* et grincer les vieilles portes métalliques de la cabine. Je me précipite à l'intérieur et referme le battant derrière moi. J'observe pathétiquement par le judas. C'est lui. Il quitte l'ascenseur et... Mais qu'est-ce qu'il fabrique ? Il est posté devant ma porte, immobile. Il me regarde là non ? *Décolle ton nez de cette fichue porte, Marion !* Je voudrais bien mais je suis clouée au sol.

Je me sens bizarre. Mes vapeurs de vieille s'inviteraient-elles prématurément à la fête ? Mais pourquoi il reste planté là comme un cactus ? *Arrête de penser si fort, il va t'entendre ! Ou, éloigne-toi, bon sang !* La voix de Julia résonne à nouveau. À moins que ce ne soit ma conscience. Ça y est, je suis en train de devenir folle pour de vrai !

Les secondes semblent interminables.

Le mec de ma voisine est toujours en train de fixer ma porte comme s'il savait que j'étais planquée derrière. Et la gêne prend enfin le dessus, je recule de quelques pas pour atteindre mon canapé – je rappelle que je n'ai qu'un minuscule deux pièces, à peine cinq enjambées suffiront pour que j'y pose mes fesses.

Pas un bruit pendant encore quelques secondes, puis j'entends ses pas s'éloigner dans le couloir. La porte voisine vient de se refermer.

Il est parti.

Et moi, il faut que je dorme. Demain, je travaille et j'ai besoin d'être en forme pour la journée. Je passerai faire un bisou à Louis à la crèche avant de monter au service Co. Il m'a manqué mais cette soirée de célibat m'a fait du bien.

Et je dois reconnaître qu'elle m'a un peu chamboulée aussi.

Chapitre 9

Quelques semaines plus tard

Les journées défilent, la routine et les habitudes aussi. L'hiver est enfin derrière moi et je ne vais pas m'en plaindre. Assez de ces journées trop courtes et de cette météo qui déprime.

Il m'est arrivé quelquefois de repenser à l'inconnu du parking. Comment s'appelle-t-il déjà ? Ah oui, Nathan. *Marion, tu veux bien arrêter de nous baratiner, s'il te plait ?* Bon d'accord, j'y repense très souvent, en réalité. Malheureusement, il n'est jamais revenu. Ou alors je l'ai loupé. J'ai croisé ma voisine à plusieurs reprises, mais hormis les banalités d'usage, je ne me voyais pas lui demander où était passé son cher petit ami. *En effet, ç'aurait été totalement déplacé.*

Un après-midi, affublée de ma grosse paire de lunettes en écaille – Louis dit que je ressemble à une mouche avec –, je profite des rayons du soleil, allongée sur un transat en tissu, acheté en promo dans un magasin discount et installé sur mon petit balcon dès l'arrivée des premiers beaux jours. J'ai joliment décoré ce petit espace extérieur : du gazon synthétique, des gros coussins de sol et des plantes artificielles – je n'ai pas la main verte. Ces accessoires donnent à l'endroit une ambiance cosy et reposante. Au travers de mes verres teintés, j'admire le parc au loin avec ses grands chênes bicentenaires, son lac aux canards et ses jeunes visiteurs qui s'amusent dans les structures de plein air. On croirait que la faune et la flore évoluent dans une parfaite harmonie.

Le défilé de voiture en contre-bas, et un son légèrement plus sourd que les autres, attirent mon attention. Oh ! La grosse allemande noire est en train de se garer devant l'immeuble. Le palpitant à mille à l'heure, je descends précipitamment de ma chaise longue et m'accroupis pour guetter entre les barreaux du garde-corps. Nathan sort de sa voiture et regarde dans ma direction. Merde, repérée ! Faire le guet ne s'improvise pas. Je fais mine de ne rien remarquer, c'est sûrement une coïncidence qu'il ait levé la tête au même moment.

Oubliant que la balustrade ne possède aucun pare-vue, je reste ainsi, me penchant un peu plus en avant, pratiquement à me coincer la tête entre les barreaux, jusqu'à ce qu'il disparaisse dans le hall.

À 30 piges, est-ce normal de se comporter comme une midinette à la simple vue d'un homme qu'on connaît à peine, voire pas du tout ? C'est typiquement dans un moment comme celui-ci que j'aurais besoin de Julia. Quoique. Elle m'aurait certainement conseillé de descendre en rappel sans baudrier – pas le temps de s'embêter avec du matériel –, pour me jeter dans ses bras et l'embrasser goulument.

N'en déplaise à mon amie – qui n'en saura rien de toute façon –, il ne s'est rien passé de plus ce jour-là. Je suis tout de même ravie d'avoir revu mon beau voisin, même furtivement du haut de mes six étages. Regarder n'a jamais tué personne à ce que je sache.

Ma pauvre fille, tu es complètement demeurée !

Chapitre 10

Le printemps est à la fenêtre.

Un faisceau de lumière traverse mes stores entrouverts et vient doucement me caresser le visage. Que c'est bon ! J'ai l'impression que cette clarté bienfaisante recharge mon corps en énergie positive. Cette saison me met en joie, avec ses rues bordées d'arbres aux bourgeons naissants, qui retrouvent bonne mine après la période maussade de l'hiver.

Je suis tirée de cet instant de volupté, par le vibreur de mon portable qui s'affole. Je décroche.

— Salut Ma. Dis-moi, une virée shopping pour décompresser de la semaine, oublier les mecs pendant quelques heures et surtout s'asseoir en terrasse pour critiquer tout ce qui passe, ça te tente ?

— Ju, tu déconnes ? Laisse-moi tranquille. Il est 07 h 00 du mat' !

— Bah justement bécasse, c'est tôt le matin qu'on fait les meilleures affaires !

— Fiche-moi la paix ! Je vais raccrocher et tenter de me rendormir. Et j'essaierai surtout d'oublier que tu m'as réveillée à l'aube un dimanche matin.

En réalité, j'hurle, mais le son lui parvient légèrement étouffé car mon visage est enfoncé dans l'oreiller.

— Bon ok, je te laisse le temps de te préparer. Je vais faire un petit footing, je prends le RER jusque chez toi et on partira ensemble. Tiens-toi prête pour 09 h 00.

J'en déduis qu'elle n'a strictement rien écouté de ce que je lui ai dit. Ou alors elle fait semblant de ne pas m'avoir entendue. C'est sûrement cette dernière hypothèse qui est la plus probable.

— Ah ! Et pas d'inquiétude pour Louis, j'ai tout prévu. Valérie arrive dans une heure. À toute Ma ! ajoute-t-elle, juste avant de raccrocher.

J'ai l'impression qu'une tornade m'a ravagé le cerveau. Là, tout de suite, j'ai précisément envie de découper le sien en petits morceaux pour les donner à bouffer aux canards qui squattent l'étang du parc en bas de chez moi.

C'est carnivore un canard ?

Depuis que je la connais, je sais qu'on ne peut pas lutter face à sa détermination – ce qui a le don de m'exaspérer. Je prends donc mon courage à deux mains et je sors de mon lit. Après tout, du shopping pourquoi pas, j'aurais bien besoin de renouveler mes vieilles affaires et je peux compter sur Julia pour ça. Mais, je ne suis pas tout à fait rassurée quand même.

Je prends un instant pour émerger et j'admire la vue depuis ma fenêtre de chambre. L'aube à cette saison est magnifique. Je l'apprécierais encore davantage si j'avais choisi de me lever aussi tôt, mais je fais avec.

Ce début de matinée s'annonce sportif. Après une bonne douche revigorante, j'avale un petit déj au lance-pierre, je m'habille tout aussi rapidement et je dépose un baiser sur le front de Louis le plus silencieusement possible pour ne pas le réveiller.

À nouveau mon vibreur s'agite, mais plus succinctement cette fois-ci.

Valérie me signale par un texto qu'elle est en bas. Je me dis qu'en plus d'être sympa de garder le fils de sa collègue très tôt un dimanche matin, elle est aussi prévenante. Ou alors, elle n'a pas sonné tout simplement pour assurer sa tranquillité, au moins pour un court instant, car mon Loulou n'a jamais été un exemple de grasse mat'.

J'actionne le mécanisme de la porte automatique de l'immeuble et deux minutes plus tard, elle frappe doucement à ma porte. Je lui ouvre et commence directement par ce qui me tracasse, sans même lui dire bonjour.

— Si tu dois en vouloir à quelqu'un, tu t'en prends à Julia ! Tu pourras m'aider à lui découper la cervelle si tu veux. Je connais des canards affamés qui n'attendent que ça.

Valérie me salue en pouffant de rire. Théo lui tient la main et trépigne. Bien réveillé, il exprime un peu trop bruyamment son plaisir d'être ici. Sa mère lui demande de se calmer un peu, et reprend.

— Ne t'inquiète surtout pas, ça me fait plaisir. Et puis Théo ne fait que me bassiner depuis hier. Attendre lundi pour revoir son copain, semblait intolérable. À court d'arguments ce matin, j'aurais presque remercié Julia de m'avoir demandé ce petit service.

— D'accord. Ça me rassure alors. Je te sers un café avant qu'elle ne débarque ?

— Je veux bien merci. Avec un sucre et un peu de lait, s'il te plait.

— Entre, je t'en prie.

Après s'être débarrassée de ses affaires dans l'entrée, elle me rejoint dans la partie cuisine. Théo a disparu. À peine ai-je terminé de remplir la tasse, que j'aperçois Louis qui sort de sa chambre – la seule de l'appartement, voilà pourquoi je dors dans le canap'. Théo est sur ses talons. Flottant dans son pyjama trop grand, les cheveux en pagaille et Doudou Panpan dans les bras, il me regarde d'un air surpris. Je m'accroupis pour l'embrasser.

— Mon chéri, Valérie et Théo vont rester à la maison avec toi aujourd'hui pendant que je vais faire une course avec tata Julia. Je serai de retour pour l'heure de ta sieste. D'accord ?

Bien qu'encore à moitié endormi, il semble ravi de cette nouvelle. Il me sourit et repart aussitôt dans sa chambre, toujours suivi de son acolyte.

J'abandonne un instant Valérie pour terminer de me préparer. J'ajoute un blush discret sur mes pommettes et tente de donner un mouvement plus structuré à mes cheveux rebelles, histoire de ne pas apparaître totalement ridicule aux cotés de mon amie, qui comme à son habitude, sera radieuse.

La pendule affiche 08 h 50.

J'enfile ma veste et règle les derniers détails avec Valérie.

— Tu trouveras tout ce qu'il te faut dans les placards pour midi, fais comme chez toi.

Elle jette un rapide coup d'œil dans le frigo et annonce d'une voix amusée accompagnée d'un petit clin d'œil :

— À midi, coquillettes-jambon les garçons !

Je suis dans l'entrée, prête à franchir la porte. Le miroir de l'entrée n'est plus bancal et je ne peux pas en dire autant.

09 h 00 précises. Je pose un pied sur la dernière marche et Julia m'attend dans le hall, penchée légèrement en avant et le nez collé sur ma boîte aux lettres pour en vérifier son contenu. Sans gêne.

— Tu devrais relever plus souvent ton courrier Ma, ça déborde.

Puis, elle s'approche de moi pour m'embrasser.

— Prête ?

— Non

Pendant tout le trajet en RER, elle n'a cessé de me vanter les mérites de cette nouvelle galerie marchande qui vient d'ouvrir ses portes dans la banlieue voisine. Uniquement des boutiques de grandes marques dégriffées et exceptionnellement ouvertes ce dimanche pour l'inauguration.

— Oh ! Je suis excitée comme une puce ! Tu vas voir, il paraît que c'est splendide ! Et puis…

Elle s'interrompt tout en me scrutant de haut en bas avec un air désolé.

— Quoi ? Pourquoi tu me regardes comme ça ?

— … il va falloir arranger un peu tout ça. J'en ai marre de te voir habillée avec des trucs informes et sans couleur. Ma, tu as 30 ans et tu es bien gaulée, il ne te manque pas grand-chose pour être magnifique. Fais-moi confiance, ok ?

— Euh, je ne sais pas trop…

— Je suis tellement contente de partager cette journée avec toi !

— Euh, moi aussi…

Chapitre 11

C'est à ce moment précis, que je commence à regretter d'avoir décroché mon téléphone un peu plus tôt dans la matinée. D'habitude, le dimanche est réservé au farniente et aux petits déjeuners pantagruéliques qui nous tiennent jusqu'au soir. Au lieu de ça, je m'use les guiboles à piétiner avec mes talons – les seuls que j'ai. J'ai voulu faire ma belle à imiter Julia, mais avec le recul j'aurais dû enfiler mes sempiternelles baskets. En rentrant, je vais devoir dévaliser la pharmacie de garde de tout son stock de pansements anti-ampoules.

Julia m'a traînée partout ! Il n'y a pas une seule boutique dans laquelle nous ne sommes pas entrées, et à chaque fois nous y restions plus d'une heure.

D'ailleurs, j'ai faim. Mais, Julia, qui de toute évidence n'a pas le même estomac que moi, m'entraîne dans une cinquième boutique dont les articles en vitrine me donnent déjà envie de m'enfuir en courant.

— Allez viens Ma. Celle-là c'est la meilleure !

Bah ça promet. Seigneur, s'il te plait sors-moi de ce calvaire !

— Arrête de penser trop fort, j'ai tout entendu ! Courage, c'est la dernière, après promis on va déjeuner. Ça te va ?

— C'est toi la patronne Ju ! dis-je, un peu à contre-cœur, car je me serais bien vue devant un bon plat de lasagnes.

— J'adore quand tu me parles comme ça !

Elle m'agrippe si fort le bras, que je suis obligée de la suivre.

Une fois à l'intérieur, je dois reconnaître que les vêtements ne sont pas aussi laids que ceux exposés en devanture. Je tourne la tête et en une demi-seconde, j'ai déjà perdu Julia. Elle erre dans la boutique comme un gosse dans un magasin de jouets. Lâcheuse ! Elle ne perd rien pour attendre.

Pour passer le temps, je choisis un rayon au hasard et je m'amuse à regarder les prix sur les étiquettes.

— Bah dis-donc ! Ils sont cinglés ! Ce prix-là pour une serpillère ! Et dégriffée en plus ! On aura tout vu !

Un raclement de gorge exagéré me surprend. Je ne bouge pas d'un iota. Après tout, il ne m'est peut-être pas destiné.

— Madame, puis-je vous renseigner ?

Oups !

Une vendeuse, certainement interloquée par mes mots un peu trop bruyamment exprimés, se tient juste derrière moi. Obligée de me retourner. Elle est vêtue d'un tailleur jupe qui ne lui va pas du tout et lui donne l'air coincé. Mais suis-je la mieux placée pour en juger ? Pas sûr.

— Oui … euh non en fait. Je vous remercie. J'attends une amie qui ne devrait plus tarder.

Julia bouge-toi les fesses par pitié !

La commerçante semble se contenter de cette réponse et s'apprête à me laisser tranquille.

— Euh si, en fait j'ai une question s'il vous plait. Les prix affichés sont avant les dégriffes c'est bien ça ?

Elle ne prend même pas la peine de se retourner et s'éloigne à l'autre bout du magasin.

— Ben quoi ? Qu'est-ce que j'ai dit ?

Toujours aucune réponse. J'abandonne et je continue mon inspection, à la recherche de mon amie. Je tente un déplacement sur la pointe des pieds – et ainsi prendre un peu plus de hauteur – mais je ne la vois toujours pas.

Soudain, le cri d'une oie qu'on égorge, résonne dans toute la boutique.

Interpelés par ce bruit des plus surprenants dans ce genre d'endroit, tous les clients et le personnel de la boutique observent en direction des cabines. Je reconnaitrais entre mille, la voix criarde de Julia lorsqu'elle tombe nez à nez avec une pièce unique. J'hésite à la rejoindre ou à me faire toute petite et disparaître sous l'étalage des pantalons correctement pliés devant moi. La première option me semble toutefois la plus appropriée. Je manque cruellement de souplesse et je ne parviendrais pas à me relever une fois plaquée au sol.

Tant pis, j'assume. Je me dirige vers le salon d'essayage, quand Julia sort d'une cabine et m'aperçoit. Elle jacasse à nouveau.

— Ma ! Regarde-moi ça ! Ça fait des mois que je la cherche partout. Elle me rappelle celle que porte

Emma Stone dans le dernier numéro de Vogue. N'est-elle pas magnifique ?

— Alors, ce n'est pas le mot que j'emploierais à première vue, mais je dois reconnaître qu'elle te va bien.

— Tu plaisantes, elle est parfaite ! Sauf peut-être…

Elle s'adresse à la vendeuse cul-serré de tout à l'heure et lui demande de lui rapporter la taille en dessous, prétextant que celle-ci ne met pas suffisamment ses attributs en valeur. Soit. Je trouvais qu'elle faisait déjà bien le job, mais ce n'est que mon avis.

Tout en essayant le même modèle avec de nombreux centimètres de tissu en moins, Julia s'adresse à nouveau à moi.

— Ma, jette un œil dans la cabine d'à côté. J'ai sélectionné quelques pièces que je voudrais que tu essayes.

Oh non ! Pourvu qu'elle n'ait pas choisi les horreurs que j'ai vues en entrant, j'en ai encore les yeux qui saignent.

— Tu penses trop fort Ma ! Je t'ai demandé tout à l'heure de me faire confiance. Allez oust !

Jusqu'à présent elle m'a laissée tranquille, je peux bien faire un effort. Et puis, elle m'a promis qu'après je pourrais contenter mon estomac qui ne cesse de se plaindre depuis un long moment.

J'entre et referme le rideau derrière moi.

À première vue, les vêtements ont l'air d'être raisonnablement normaux. Quoique.

— Aaaah ! Julia ! Comment as-tu pu croire une seule seconde que je pourrais porter ce genre de chose immonde ?

— Sors au moins, que je puisse t'admirer !

— Hors de question ! Je ne mettrai jamais un pied hors de cette cabine, accoutrée de la sorte ! Et puis, tu as pris quelle taille ? C'est tout juste si j'arrive à respirer là-dedans !

La tête de mon amie apparaît derrière le rideau. Elle s'esclaffe.

— Qu'est-ce qu'il y a de drôle ?

— Rien, c'est juste que ce n'est peut-être pas la forme qui te sied le mieux en effet. Mais je voulais te voir dans autre chose que tes machins trop longs et trop larges. Et sur ce point, j'avoue être servie !

— Oui, je confirme, c'est bien trop court et bien trop serré. Au suivant !

Je lui fais signe de me laisser tranquille. Elle disparaît de l'autre côté et ajoute :

— La prochaine, je suis sûre que tu vas l'adopter.

Au bout de quelques longues minutes à ne pas m'entendre râler, Julia s'inquiète de savoir si tout va bien. Aucune réponse. De toute façon, je serais bien incapable d'aligner deux mots. Julia pénètre silencieusement dans la cabine.

J'admire le reflet que me renvoie ce miroir qui vous fait paraître plus mince que vous ne l'êtes en réalité. Une légère inclinaison vers l'arrière et le tour est joué ! Une stratégie comme une autre, selon Julia, dont usent certaines boutiques pour augmenter leurs chances de vendre. Et ça marche ! Cela me fait comme un électrochoc – et pas uniquement à cause de ma silhouette amincie.

— Ça faisait bien longtemps que je ne m'étais pas vue comme ça.

— Comme ça, comment ? Tu aimes ou pas ?

— Parvenir à me trouver belle et en plus dans une tenue que je n'aurais jamais imaginé porter un jour, ça me bouleverse.

Julia s'approche de moi, se colle contre mon dos et enroule ses bras autour de ma poitrine.

Nous sommes toutes les deux face au miroir – le seul de la cabine et c'est tant mieux, pas de dépression en sortant aujourd'hui. On reste ainsi un long moment, si bien que la vendeuse coincée-du-fessier, s'empresse de nous demander si nous avons besoin d'aide. On répond simultanément, d'un ton qui ne laisse la place à aucune interprétation.

— Non, tout va bien merci !

Puis, Julia se détache légèrement de moi et place ses mains sur mes épaules.

— Regarde-toi. Tu es canon Ma. Tu vois, c'est bien ce que je disais, il suffisait d'un rien pour te rendre superbe.

— Oui enfin… Un rien qui coûte quand même cent vingt balles !

— Ne t'inquiète pas pour ça. Je te l'offre avec plaisir.

— Non mais…

— Il n'y a pas de « mais ». Considère que c'est le dédommagement d'un réveil aux aurores un dimanche matin. Je t'attends en caisse. Et grouille, j'ai une faim d'ogresse !

Ah ! Finalement, ça me réconforte de constater que son estomac fonctionne comme le mien. Ils ne sont simplement pas sur le même fuseau horaire.

On quitte enfin la boutique et en guise de sincère remerciement, je lui lance un « je t'aime », accompagné d'un gros bisou sur la joue – qu'elle essuiera aussitôt d'un revers de manche. Je sais qu'elle déteste ça.

— Moi aussi je t'aime Ma. Mais arrête de faire ça où je t'étrangle ! Viens, on va manger.

Chapitre 12

Assises toutes les deux en terrasse, on s'adonne à notre passe-temps favori : critiquer tout ce qui bouge. Julia avait déjà annoncé la couleur au téléphone ce matin, et franchement, on a été vernies. C'est à se demander s'ils ne s'étaient pas passé le mot pour déambuler devant nous pile-poil à l'heure du déjeuner. Pour vous en citer quelques-uns : la bimbo maquillée à la truelle, qui trimballait avec fierté son croisé de chihuahua et de rat sous le bras, l'agent de voirie dont le sillon interfessier rempli de poils dégoutants, dépassait du haut de son pantalon, et la cliente d'à côté dont la jupe à volant bien trop courte laissait deviner qu'elle ne portait rien en-dessous… Et j'en passe. On en rigole encore.

Deux plats du jour et un café plus tard – il n'y avait pas de lasagnes –, on décide de rentrer.

En chemin, je passe un rapide coup de fil à Valérie.

— Salut, tout se passe bien ? Nous sommes sur le retour.

— Oui impeccable. Les garçons s'amusent dans le parc, sur l'aire de jeux à côté de l'étang. On ne va pas tarder non plus. Je leur ai promis un cornet de glace avant. Prends ton temps.

— Parfait. À tout à l'heure ! Et salue les canards pour moi !

Valérie raccroche en riant et Julia, qui n'a rien manqué de la conversation, s'approche de moi.

— C'est quoi cette histoire avec les canards ?

— Laisse tomber, ce serait beaucoup trop long à t'expliquer.

De retour à la maison, je remercie mille fois Valérie et prends un moment pour jouer avec Louis. Il me raconte sa journée et semble ravi. Nous le sommes tous les deux.

Il n'y a rien de mieux que le retour du soleil, une sortie entre filles et quelques moqueries gratuites – qui ne font de mal à personnes, tant qu'elles restent discrètes –, pour me redonner la patate. Cette séance essayage a vraiment créé un déclic en moi et j'ai promis à Julia de faire un effort dorénavant et même quand je vais chercher mon pain. Car comme elle le dit si bien, « On ne sait jamais sur qui on peut tomber ! ». À ce sujet, il faudra que je lui demande si dans un parking la nuit, ça compte aussi. Je ne lui ai parlé de rien pour le moment, chaque chose en son temps.

C'est l'heure du coucher.

Je lis son histoire préférée à mon fils et lui souhaite une bonne nuit. Il s'endormira en un rien de temps. Je pourrais rester des heures à le regarder. Je me glisse un instant dans son lit et me blottis contre son petit corps tout chaud. Je ne peux pas résister à la tentation de le sentir. Il a encore cette odeur de bébé que j'aime tant.

Je me traîne jusque dans le salon, je déplie le canapé et allume la télé pour regarder l'émission du soir. Après une longue série de bâillements incontrôlés, je m'endors bien avant la première pub.

Depuis notre rencontre sur le parking, on ne s'est pas officiellement revus avec mon voleur de place et sa grosse allemande. *Laisse tomber Marion. Cet homme n'est pas libre et tu n'es pas une briseuse de ménage. Bas les pattes !* Fiche moi la paix, je ne fais rien de mal.

Je vous présente mon *moi* intérieur. Il a la fâcheuse tendance de dire tout ce qu'il pense, au moment où il le pense. En définitive, Julia n'avait rien à voir là-dedans.

Donc, je disais « pas officiellement », car en réalité il n'y a que moi qui l'ai revu, et toujours au travers de mon judas. J'ai noté qu'il se rend chez sa petite amie seulement deux à trois fois dans le mois et souvent le weekend. C'est étrange. Soit, ils ont fait le choix de vivre séparément, soit, il a un métier peu compatible avec une vie de couple et une vie de famille. *Et qu'est-ce que ça peut bien te faire au juste ?* Je ne t'ai pas demandé ton avis, Jiminy Cricket. Je réfléchis à haute voix c'est tout.

Ce samedi-là, vêtu d'un jean et d'une parka légère qui lui vont à merveille, je l'aperçois furtivement, toujours sagement planquée derrière ma porte. Un bouquet de fleurs et le bel emballage d'un pâtissier de renom dans les mains — un romantique par-dessus le marché —, il traverse le couloir, ralentit imperceptiblement devant chez moi et, sans s'arrêter ni même tourner la tête cette fois-ci, il poursuit son chemin.

Frustrée, je suis frustrée.

La porte voisine s'ouvre. Des voix. Plus rien. Il est midi et ce sera ma dernière séance d'espionnage du jour.

18 h 00. La sonnette de l'entrée retentit. Sans comprendre les raisons de ce débordement d'enthousiasme — ou peut-être un peu j'avoue —, j'ouvre directement la porte sans m'assurer en amont de qui me rend visite. Ma voisine, Mademoiselle Joubert, se tient devant moi. Elle est resplendissante ! Vêtue d'une longue robe aux tons chauds et coiffée de ses longs cheveux blonds

rabattus élégamment sur un côté, elle affiche un sourire sincère.

— Bonsoir Marion.

Elle connait mon prénom. C'est certainement ma boîte aux lettres qui a vendu la mèche.

— Bonsoir euh…

— Lucile. Enchantée, me dit-elle en me tendant une main parfaitement manucurée.

— Enchantée également. Que se passe-t-il ?

— Rien de grave, rassurez-vous. C'est notre anniversaire aujourd'hui, et Nathan me tanne depuis le début du déjeuner pour que je vous porte une part de gâteau.

Quoi ? Je n'y comprends plus rien. *Notre* anniversaire ? À quoi ils jouent ces deux-là ? Les plans à trois ne font pas partis de mes principes, que ce soit bien clair !

— Nathan ? dis-je d'un ton empreint d'une légère timidité.

— Oui, c'est mon frère jumeau. Il ne parle que de vous depuis votre rapide échange sur le parking, et ça fait de ça un bail. Si bien qu'on ne se connait pas encore toutes les deux et j'en ai déjà presque assez de vous ! dit-elle en plaisantant.

Voyant que je ne réagis pas comme elle s'y attendait peut-être, elle se reprend, gênée. Elle retrouve vite son sérieux et me tend une petite boite transparente.

— Prenez ceci s'il vous plait, c'est avec plaisir. Il est délicieux vous verrez.

Hébétée, j'attrape le récipient et la remercie timidement avant de lui refermer la porte au nez. La pauvre. Quelle idiote !

Je reste un moment debout, derrière ma porte, le front appuyé sur le battant, à m'apitoyer sur mon triste sort et à me demander pourquoi j'ai eu ce comportement aussi lamentable envers ma voisine. Elle doit penser que je suis carrément perchée, elle aussi. Pourvu qu'elle zappe cette partie dans le compte-rendu qu'elle fera à Nathan.

Mais, qu'est-ce qui m'a pris ? Pourquoi, n'ai-je rien trouvé de mieux à faire que de lui claquer la porte au nez ? Inutile. Voilà ce que je suis. Inutile, comme une quiche lorraine sans lardon, un maillot de bain en Alaska, ou le grain de maïs qui n'a pas éclaté au fond d'un sachet de popcorn.

Ce n'est pourtant pas très compliqué à comprendre. Je récapitule : le bel inconnu du parking, qui t'obsède depuis des semaines, n'est autre que le frère et non l'amant de ta voisine, et il semblerait que lui aussi soit complètement obsédé par toi. La claque ! Il y a de quoi perdre les pédales franchement. Mais n'est-ce pas super génial ?

Ah salut Jiminy ! Je peux t'appeler comme ça au moins ? Si c'est super génial ? J'en sais rien du tout. Après ce que je viens de faire, si ça se trouve aucun des deux ne voudra me revoir. Ou pire, ils vont déménager sur le champs ! Être les voisins d'une dégénérée de la couenne, y'a mieux comme scénario, tu ne crois pas ?

Cependant, je ne peux m'empêcher d'admettre que tu n'as pas tout à fait tort : je viens de me prendre une claque.

Une magnifique claque.

Chapitre 14

19 h 30. Je viens de me préparer une bonne salade composée et des choses un peu plus sympas à grignoter pour Louis — comprenez des trucs panés que l'on peut tenir à la main —, quand la sonnette retentit à nouveau.

Ils se sont donné le mot, ma parole !

Je regarde par l'œilleton cette fois-ci et… Oh mon dieu, c'est lui ! Je fais quoi ? Je jette un rapide coup d'œil à ma dégaine et j'ouvre la porte. Tant pis, le naturel y'a que ça de vrai, et de toute façon, il m'a déjà vue bourrée.

Il est là, debout devant moi, beau dans sa tenue légèrement débraillée. Je ne l'avais encore jamais vu d'aussi près et je ne suis pas déçue, bien au contraire. Tout de même un peu embarrassée par la situation, je baisse la tête. Et merde ! Manifestement, ma brève inspection de tout à l'heure l'a été un peu trop. Mes pieds ! Je porte mes chaussons dinosaures ! Louis a insisté pour que j'achète les mêmes que lui et de toute évidence, ils sont beaucoup moins ridicules sur lui. J'espère qu'il ne les a pas remarqués – même si cela signifierait qu'il est miro comme une taupe. J'assume. De toute façon, les retirer maintenant ne ferait qu'attirer son attention. Il ne semble pas les avoir vus.

— Bonsoir Marion.

Mon prénom dans sa bouche me fait l'effet d'une bombe à l'intérieur de l'estomac.

— Bonsoir Nathan. Que se passe-t-il ? Le gâteau était empoisonné et vous venez vérifier si le poison a fait effet ?

Il répond du tac au tac.

— Si ça m'avait valu de vous embrasser pour vous sortir d'un long sommeil, j'y aurais réfléchi plus sérieusement.

Il me prend pour une princesse, je rêve ! Un peu cul-cul non ? Mais je crois que j'aime bien ça. En tout cas, il va droit au but. Au moins, je sais à quoi m'en tenir.

Il me regarde intensément. Seconde explosion. Je ne sais plus où me mettre.

Il reprend, avec un petit sourire qui ne me laisse pas indifférente.

— Non, ce gâteau est tout ce qu'il y a de plus normal. Si on considère le mélange verveine-spéculos, comme normal, évidemment ! Mais c'est le préféré de ma sœur et je voulais lui faire plaisir.

Cet homme est parfait. Je signe où ?

— Je confirme qu'au départ, le goût m'a surprise, mais je dois reconnaitre qu'il était très bon. Il n'en reste pas une miette. Vous venez récupérer le plat alors ?

— Non plus. Je voulais simplement m'excuser. Je sais que ma frangine n'a pas pu tenir sa langue au sujet de mes longues heures à la bassiner avec sa charmante voisine.

Une troisième bombe me ravage les entrailles. Il faut qu'il arrête de faire ça, sinon il devra se contenter de mes restes dégoulinants, éparpillés dans l'entrée. Et, il a dit « charmante », vous l'avez entendu comme moi ? *Oui, oui, tout le monde l'a entendu. Si ça pouvait te redonner un peu confiance en toi, ce serait parfait !*

Je reprends un semblant de contenance, puis j'enchaine.

— Ce serait plutôt à moi de m'excuser de lui avoir claqué la porte au nez comme je l'ai fait. Et je ne lui ai même pas souhaité un bon anniversaire. D'ailleurs, j'ai cru comprendre que c'était le vôtre aussi. Alors, joyeux anniversaire !

— Exact. Merci beaucoup. Nous n'avons que vingt minutes d'écart mais la ressemblance n'est pas frappante. Vous lui avez vraiment claqué la porte au nez ?

Oh la gourde ! Il l'ignorait. Merci Lucile. Je me suis faite avoir toute seule sur ce coup !

— Euh, oui ! Ce n'est peut-être pas une excuse mais sa visite m'a chamboulée. Je n'ai pas réfléchi.

— J'en suis désolé. C'est moi qui ai insisté.

— Ne le soyez pas. Pour être honnête avec vous, je pensais que vous sortiez avec votre sœur. Euh… enfin, je veux dire… avant de savoir que c'était votre sœur, bien sûr !

Tais-toi ma vieille, ne dis plus rien et sors les rames !

— Je plaide coupable. J'avoue que je m'en suis amusé au début. La peine sera de combien Madame le Juge ?

J'aime son humour et sa répartie. Je n'en manque pas moi non plus, ça tombe bien !

— Ça ira pour cette fois. Un simple rappel à la loi fera l'affaire, Monsieur l'accusé. En revanche, vous copierez cent fois « Je ne me moquerai plus des jeunes femmes ayant un peu trop forcé sur l'alcool, la nuit dans les parkings mal éclairés ».

— Sentence acceptée votre Honneur !

On reste un instant à se regarder sans rien dire. Le désir est palpable et semble réciproque. Je me sens observée avec la même intensité que le baba de l'autre jour. C'est dingue cette attirance pour cet homme que je ne connais pas.

Il rompt le silence. Il fait bien, sinon j'aurais fini par lui sauter dessus pour l'embrasser à pleine bouche, et Jiminy aurait pris un malin plaisir à me rappeler à l'ordre. *C'est évident !*

— Accepteriez-vous de boire un verre avec moi, une fois que j'aurai purgé ma peine ?

— Pourquoi pas. J'ai un faible pour les repris de justice. Dois-je en conclure que vous restez dans le coin quelques temps ?

Dis oui, dis oui, dis oui, je t'en supplie !

— J'ai accepté une mutation dans la région et j'intègre mon nouveau poste en septembre. Ma sœur m'a proposé de m'héberger quelques temps, jusqu'à ce que je trouve mon chez moi.

Mon cœur va se faire la malle. Je saute de joie intérieurement. C'est génial ! Plus besoin de l'épier en cachette à chacune de ses trop rares visites. Il va loger dans l'appartement voisin et je pourrai profiter de lui tous les jours si je veux – et s'il le veut aussi bien-sûr.

Nous sommes toujours devant ma porte. Je lui aurais bien proposé d'entrer un instant, mais pour une presque première vraie conversation, ça fait un peu mauvais genre, non ? *Si, si.*

Louis s'est rapproché. Impatient de regarder notre émission préférée, il me tire par le bras pour que je le rejoigne dans le salon. Nathan le regarde avec une certaine tendresse. Il n'a pas l'air surpris. Lucile lui a certainement dit que j'étais une maman célibataire. Ou alors, lui aussi m'épie à mon insu. Ou encore, il est juste poli.

— Hey salut bonhomme ! Je te rends ta maman tout de suite, d'accord ?

Louis ne semble pas du tout impressionné, il lui propose même de regarder la télé avec nous, mais Nathan, qui distingue probablement la surprise dans mon regard, décline et promets qu'une autre fois, il restera. Je retiens.

— Je vous laisse, chers futurs voisins à plein temps. Profitez bien de votre soirée.

— Merci beaucoup. Vous souhaitez récupérer le plat du coup ?

— Non, ça me donnera une occasion de repasser vous voir.

Il sourit. Et moi, je vais décéder sur place. Je m'avoue vaincue. Il remporte haut la main la médaille d'or à notre petit jeu de séduction. Et il a de la chance que je respire encore, sinon, il n'aurait pas eu le choix d'appeler les pompes funèbres du bout de la rue, pour débarrasser l'entrée de mon corps tout raide.

Au moment où je m'apprête à refermer la porte, il ajoute :

— Au fait, sympas les dinosaures !

Chapitre 15

Le lendemain matin

Je me réveille de bonne humeur. J'ai dormi comme un loir. Je promets de tout raconter à Julia ce soir après le dîner. J'ai surtout besoin de son œil expert – ou pas – en matière de relation homme femme. Ça fait trop longtemps pour ma part que je n'en ai pas eue, je crains d'avoir perdu les codes et de faire n'importe quoi. J'ai failli le prouver hier soir alors que j'envisageais de bondir comme une affamée sur mon voisin.

Bien avant la naissance de Louis, j'ai fréquenté des hommes, dont quelques-uns ont partagé plusieurs fois mon canapé-lit inconfortable – pas tous en même temps, je vous rappelle que ce n'est pas mon délire. *Mouais, ça fait quand même deux fois que tu nous en parles, on serait en droit de se poser la question !* Je ne me rabaisserai pas à te répondre.

Donc, avec Mathieu, le dernier en date, je filais le parfait amour. Je le croyais en tout cas, jusqu'à ce que je découvre qu'il était marié et père de deux enfants. Je comprends mieux pourquoi il avait toujours une bonne excuse pour ne pas m'emmener chez lui. En découvrant cela, je suis d'abord tombée de ma chaise, au sens propre — j'étais assise quand sa femme m'a téléphoné. J'ai ensuite dévalisé le rayon de confiseries et pris quelques kilos, qui en général sont vendus avec. Et aujourd'hui, j'essaie encore désespérément de les perdre.

Cette malheureuse expérience fut la dernière. Depuis, c'est le calme plat. À présent, il est donc plus facile de comprendre pourquoi ma façon de me comporter en ce début de flirt, paraît pour le moins inappropriée.

J'ai bel et bien perdu tous les codes.

La journée est passée à toute allure, à peine le temps de réaliser que le weekend est déjà fini et qu'une nouvelle semaine commence demain. Il est 21 h 00, Louis est endormi. J'appelle Julia comme prévu.

— Hello Ju, comment tu vas ?

— Salut Ma. Bof. Et toi ?

Mince, elle n'a pas l'air en forme. Ce n'est peut-être pas le bon moment pour lui révéler l'existence du beau gosse sur lequel j'ai totalement craqué il y a des semaines, que j'épis bien planquée derrière ma porte par lâcheté, qui en définitive n'est pas le mec de ma voisine canon mais son frère tout aussi canon, et que j'ai envie d'embrasser à chaque fois que je vois.

Je renonce.

— Oui ça va. Je voulais juste prendre de tes nouvelles. Comment ça se passe au boulot ?

— Ça va moyen. Que des casse-pieds en ce moment. Que des emmerdeurs même, je devrais dire ! J'ai passé les trois derniers weekends à préparer ma défense pour l'audience de vendredi prochain, et Alex, ce connard, me demande de tout reprendre, sous prétexte que *son* client ne remportera jamais le procès avec un torchon pareil. Ça pue le conflit d'intérêts si tu veux mon avis. Il sait le nombre d'heures que j'ai passé sur ce fichu dossier, ce connard ? Il sait le nombre d'affaires que j'ai remporté et qui sert bien son entreprise de connard ! Je suis convaincue que c'est sa façon de me faire payer la soirée avec Oliver. Non mais quel connard !

— Oui, ça tu l'as déjà dit. Bref. Ju, on dirait que tu tombes des nues à chaque fois qu'il se comporte comme ça. Démissionne bon sang ! Il y a des tas de cabinets qui se battraient pour t'avoir à leurs côtés. C'est lui qui a tout à perdre dans cette histoire.

— Je sais bien. Mais ce n'est pas si simple. J'ai des parts dans la société. Il faudrait que je puisse les lui vendre, à lui ou quelqu'un d'autre d'ailleurs, mais qui voudrait s'associer à ce salopard !

— Ah ! J'apprécie la variante.

— Quoi ? dit-elle, toujours énervée.

— Non, rien. Laisse tomber. La vente de tes parts ne devrait pas être un problème, tu trouveras. Et puis, tu l'as bien fait toi !

— Oui, mais à l'époque, j'étais ambitieuse, insouciante et surtout follement amoureuse.

— Et il en a profité…

— Bref Ma. Pour l'instant, je ne suis pas prête. L'inconnu me fait peur, tu le sais. On verra si une occasion se présente. Mais, je reconnais que s'il continue à me rendre la vie impossible, j'y réfléchirai très sérieusement.

Alex est l'associé de Julia et accessoirement son ex. Ses relations professionnelles ne sont pas toujours simples à gérer, vous imaginez bien. Surtout que ce goujat ne fait pas la part des choses et il lui en fait baver. Il ne manque pas d'air !

Je me souviens que dans un moment où les femmes préfèrent se goinfrer de crème glacée devant un film à l'eau de rose, Julia m'a confié qu'elle l'aurait bien gardé s'il s'était décidé à choisir entre sa femme et elle – nous étions abonnées aux mecs infidèles. Ce soir-là, ma redoutable analyse masculine aura eu raison d'elle. Julia a fini par admettre que les mufles dans le genre d'Alex ne sont pas faits pour elle. Elle en est arrivée à l'heureuse conclusion, que l'homme qu'il lui faut ne se trouve pas dans son entourage professionnel. Sage décision. Ce sont tous des ringards mariés et pères de famille, qui adorent reluquer sous les jupes des collègues avec un toupet des plus répugnants. Oui, c'est une représentation assez généraliste, mais elle nous convient parfaitement dans des moments comme ceux-là.

On continue de papoter jusque tard dans la nuit, quand je prends la mesure des effets désastreux qu'aura cette conversation qui n'en finit plus, sur ma tête au réveil – si je n'ai pas au moins sept bonnes heures de sommeil, c'est une catastrophe : un lapin albinos (pour les yeux rouges) qui marche au ralenti, irritable à souhait, et obligé de carburer au café bien corsé toute la journée. Parfois, je suis tellement fatiguée que j'ai même la flemme de bailler.

Je prétexte un gros coup de barre et après nous être promis de nous retrouver le jeudi suivant, on raccroche enfin.

Nous reprendrons cette discussion là où nous l'avons laissée.

Mon histoire de cœur – bien qu'il n'y ait pas grand-chose à raconter pour l'instant – attendra encore un peu avant de lui être révélée.

Chapitre 16

Quatre ans plus tôt

J'ouvre doucement les yeux. Le jour semble s'être levé. Ma tête va exploser. Je suis dans le brouillard et j'essaie de me rappeler ce qui s'est passé la veille. C'est flou. Seuls, un goût amer de margarita qui me file aussitôt la nausée, une fragrance masculine plutôt enivrante, et quelques danses et rires partagés, me reviennent en mémoire. La seule chose dont je suis certaine est d'avoir bien trop picolé.

J'explore la pièce dans laquelle je me trouve. Je ne reconnais pas ma chambre.

Où suis-je ?

L'endroit est plutôt impersonnel : des murs blancs, un lit, une espèce de bureau avec une chaise et un placard.

Une chambre d'hôtel ? Mais qu'est-ce que…

Une valise ouverte est posée sur un fauteuil, dans l'angle de la pièce, et quelques vêtements jonchent le sol recouvert de moquette – ça se fait encore ? Oh merde ! Je reconnais la robe noire et le soutif rouge en dentelle que je portais hier. Ça veut dire que… Je soulève légèrement le drap et je découvre avec stupeur que je suis totalement nue.

Un gémissement me fait sursauter.

Un homme est allongé à côté de moi. Il semble encore endormi.

Je suis dans une chambre d'hôtel, à poil dans un lit avec un parfait inconnu ?

Avant que la panique ne m'envahisse pour de bon, je ne peux m'empêcher de mater ce corps parfait. Je n'en vois que le dos et la cambrure des reins, mais c'est suffisant pour me faire une idée de ce à quoi le tout doit ressembler.

Oh Marion ! Mais qu'est-ce que tu as fait ?

Je regarde ma montre. 07 h 30.

À quelle heure je me suis couchée ? Combien de temps j'ai dormi ? Il faut que je voie Julia. Elle aura certainement fichu dehors son basané d'hier soir dès les premières lueurs du jour. Je ne la dérangerai donc pas.

Mon esprit est en ébullition. J'ai beau chercher, rien de concret ne me revient. L'évidence est pourtant sous mes yeux, il faudrait être idiote pour ne pas le comprendre : une pauvre fille dans un bar s'est jetée sur les margaritas et, à en croire les apparences, elle s'est également jetée sur le premier venu.

Est-ce cet homme qui m'a accostée et s'est assis à côté de moi au bar ? Probablement.

Mais qu'est-ce je vais lui dire s'il se réveille ? Je vais passer pour quoi ? Une fille facile et qui ne tient pas l'alcool ? Evidemment.

C'est au-dessus de mes forces. Il faut que je m'échappe. Peut-être que lui non plus ne se souviendra pas de ce qui s'est passé, de moi, de cette soirée, de cette nuit, de rien du tout !

Le plus discrètement possible, je récupère mes vêtements froissés et me rhabille promptement — je ne vais pas en plus, défiler à poil dans les couloirs de l'hôtel — puis, je quitte la chambre. Avant de refermer la porte, je pose un dernier regard sur le corps toujours inerte de cet inconnu, allongé au milieu du grand lit et recouvert du drap blanc, tout froissé lui aussi.

Je me suis perdue au moins dix fois dans le RER. J'entends déjà Julia : « Fais un effort Ma, ce n'est pas si compliqué, tu n'as qu'à suivre les lignes de couleur sur le plan ». Elle est marrante ! Faut-il encore savoir dans quel sens on doit aller. Bref, je suis une nana de banlieue qui assume de se déplacer en voiture. Point final.

Je sonne enfin chez Julia et à cet instant, je n'assume pas grand-chose à vrai dire.

— Oui, qui est-ce ? dit-elle d'une voix mal réveillée.

— C'est moi Ju ! Ouvre-moi s'il te plait, il faut que je te parle tout de suite.

J'entends le cliquetis de la porte.

Arrivée sur le palier, j'aperçois mon amie, l'air inquiet, qui m'attend déjà devant sa porte dans une nuisette noire satinée ultra sexy.

— Qu'est-ce qui se passe Ma ? Tu vas bien ? Bon sang, pourquoi je t'ai laissée toute seule hier soir ! Il s'est passé quelque chose de grave, c'est ça ? Dis-moi ?

Elle ne me laisse pas en placer une.

— Je peux entrer ?

— Oui bien sûr, excuse-moi. Mais, dis un truc ! Ce suspens est insoutenable !

— Sers-moi un café d'abord s'il te plait.

Julia est seule ce matin. Je ne m'étais pas trompée. D'habitude, je trouve qu'elle exagère en se comportant de la sorte avec les hommes, mais là, j'avoue que ça m'arrange.

Elle revient avec une tasse fumante qu'elle dépose sur la table basse devant une *moi* affalée et abattue dans le canapé.

— J'ai été trop lâche pour affronter son regard, son jugement. Je n'assume pas du tout ce que j'ai fait. Même si je ne sais pas exactement ce que j'ai fait. Mais j'en ai malheureusement une petite idée et ça ne me plaît pas du tout.

— Mais de quoi tu parles Ma ?

— De toute évidence, j'ai terminé la soirée dans le lit d'un parfait inconnu.

— Et c'est ça qui te met dans cet état ?

— Ju, je ne me souviens de rien. J'ai abusé des margaritas. Je me rappelle que tu es partie et qu'un homme m'a rejointe au bar. Puis c'est le trou noir. Je n'étais déjà plus moi-même. Je ne sais pas du tout à quoi il ressemble. Ce matin, je n'ai vu que son corps à moitié nu, allongé à côté du mien.

— Hmmm ! Intéressant !

— Julia !

— Ok. Je reste concentrée, promis.

— J'ai honte si tu savais.

— Honte de quoi ? D'avoir passé du bon temps et qui plus est, en charmante compagnie ?

— Charmante, je n'en sais fichtre rien. Je n'ai vu que son dos et un petit croissant de lune tatoué dans le creux de ses reins.

— Et ?

— Bah, rien que sous cet angle, c'était déjà pas mal du tout, je l'avoue !

— Tu lui as laissé ton nom, un numéro de téléphone ou quelque chose ? Ou tu es vraiment partie comme une voleuse ?

— Réponse B.

— …

— Quoi ? Il ne se souviendra peut-être de rien lui non plus. Alors, où est le problème ?

— …

— Julia, arrête de faire ça !

— Ça quoi ?

— De me regarder sans rien dire. Tu me juges !

— Je serais mal placée, non ?

— Si, peut-être. Je ne savais vraiment pas quoi faire. J'ai pris peur. Je n'ai pas réfléchi et je suis partie, c'est tout ! Je ne compte pas le revoir de toute façon et si ça se trouve, il n'y compte pas non plus.

— Bah, ça on ne le saura jamais !

— Je pense qu'il n'est même pas d'ici en plus. Il avait une valise et dormait à l'hôtel.

— Ça ne prouve absolument rien du tout. Peut-être un énième mari infidèle ! dit-elle en pouffant de rire.

— Oh arrête !

— Allez Ma, c'est pas si grave. En tout cas, moi, ça me rassure. Je commençais à me demander si tu n'allais pas entrer au couvent. Tu pourras te vanter à présent d'avoir vécu un coup d'un soir. Bienvenue au club !

— Au club de rien du tout ! Je ne compte pas recommencer.

— Mouais. Vous vous êtes protégés au moins ?

— …

— Ma ? J'en avais mis deux dans ton sac avant de partir.

— Je ne me souviens de rien, je t'ai dit !

Chapitre 17

En rentrant des courses un soir de semaine, je profite d'être au rez-de-chaussée pour relever mon courrier, et ainsi m'éviter un second aller-retour dans les escaliers – l'ascenseur est à nouveau en panne. La vie en appartement dans un immeuble qui a fait son temps, vous enseigne la prévoyance.

Je dépose donc les paquets encombrants au sol et j'ouvre ma boîte aux lettres. Rien, mise à part une enveloppe portant la mention « Pour mériter un moment en tête à tête avec vous, votre Honneur ». Tout excitée, je la serre d'abord contre mon cœur – il est bien à gauche ? – puis, je m'empresse de la décacheter. Oui, il a même pris soin de la fermer. Je me surprends à imaginer sa langue glisser le long du rebord coupant. J'espère qu'il ne s'est pas blessé. Et est-ce qu'il pensait à moi à ce moment-là ?

Quand tu auras fini de fantasmer, tu pourras peut-être retirer tes sales pattes de dévergondée du paquet de céréales de ton fils, que tu es tout simplement en train de piétiner. Alors, surtout ne le prend pas mal Jiminy, mais si tu pouvais éviter de débarquer comme ça sans prévenir, ce serait sympa. Tu me fiches la trouille à chaque fois.

Je sentais bien que ça craquait sous mes pieds, comme si je marchais sur des coquilles d'œufs, mais j'étais concentrée sur quelque chose d'encore plus croustillant. *Attention, c'est ta conscience qui va parler : tu me désoles vraiment, Marion.* Alors, j'apprécie l'effort, mais si c'était pour dire ça, tu aurais pu t'abstenir.

À l'intérieur de l'enveloppe, quelques feuilles blanches soigneusement pliées en trois, sont entièrement recouvertes d'une série de phrases toutes identiques. L'écriture est élégante et ronde et c'est écrit super droit en plus, bravo ! Dès la première ligne, je comprends que Nathan a joué le jeu de sa punition. Avant de quitter le hall et surtout par curiosité, je m'amuse à les compter. Du bout de mon index, je les pointe une par une – je ne voudrais pas m'y perdre et être obligée de tout reprendre depuis le début.

Quatre-vingt-dix-huit, quatre-vingt-dix-neuf…
Oh le beau taré !

De retour à la maison, je range les courses à la va-vite – je rachèterai des *coco pops* demain –, j'aide Louis à prendre son bain et je prépare le repas. Une fois couchée, je rédige une réponse à mon condamné préféré. Je la déposerai dans sa boîte aux lettres demain matin – enfin, celle de Lucile, qui portera bientôt son nom à lui aussi.

Jeudi. 20 h 00.

Je rejoins Julia à la pizzeria pour notre moment papotage, potinage et picolage. Je suis sur un petit nuage depuis le weekend dernier. Il faut impérativement que j'en parle à mon amie, je ne tiendrai pas un jour de plus. C'est à mon tour de monopoliser la parole toute la soirée et j'ai du retard à rattraper.

Avant de me lancer, je bois une gorgée de vin blanc et dévore des yeux ma salade de chèvre chaud. Oui. C'est le serveur qui a été surpris. Bien que je n'arrive pas à me passer de mon fromage préféré, j'ai choisi un plat plus en accord avec mes bonnes résolutions. *Bah, il serait temps !* Toi, la ferme ! J'ai quelques kilos coriaces dont j'aimerais me débarrasser au plus vite.

Sous les yeux ahuris de Julia, je finis de tout lui déballer avec un sourire complétement niais bien accroché à mes lèvres, et une excitation qui en deviendrait presque obscène. Je n'oublie aucun détail : le parking, le voleur de place canon, la folle furieuse fort bourrée (quand j'y pense c'était vraiment nul et Julia est bien de mon avis), ma voisine qui n'est autre que la frangine, et le début d'un flirt dont sont témoins nos boîtes aux lettres respectives.

— Marion, tu es sérieuse ?

Oh merde, elle m'en veut de ne pas lui en avoir parlé plus tôt ! J'en étais sûre, j'aurais dû lui dire bien avant.

— Je suis désolée Julia, j'ai essayé de t'en parler plusieurs fois mais à chaque fois ce n'était pas le bon moment et je…

— Mais je m'en fiche de ça. Ce que je voudrais que tu m'expliques, c'est pourquoi tu n'as pas encore couché avec ce Nathan !

— Quoi ? Tu n'as rien écouté de ce que je t'ai raconté ? Il est délicat, charmant, taquin et j'aime ça. Je ne veux pas brusquer les choses. Il n'y a pas que le sexe qui est important dans une relation Julia. J'ai envie que ça marche. Je ne suis pas comme toi !

Je regrette aussitôt ces derniers mots qu'elle ne mérite même pas. Elle ne semble pas déstabilisée pour autant. Elle attrape son cocktail, en aspire une de ses impressionnantes gorgées et me regarde droit dans les yeux. Je déglutis péniblement et attends le retour de la gifle que je viens de lui envoyer.

— On est différentes Marion, et on l'a toujours été d'aussi loin que je me souvienne. Mais ce n'est pas une raison pour me juger.

Punaise, je ne lui ai jamais vu un air aussi sérieux. J'ai drôlement merdé !

— Je suis désolée, je ne voulais pas te…

— Pour être honnête, je commençais à m'inquiéter pour toi. J'espérais qu'un jour on ait cette discussion et que je me réjouirais pour mon amie, comme je me réjouis pour toi à cet instant. Je sais bien que tu n'es pas comme moi. Et fort heureusement d'ailleurs ! Je compte bien garder mon titre du record des histoires sans lendemain.

Je souris. Elle poursuit.

— Je m'en lasserai peut-être un jour, mais pour le moment, c'est bien cette vie qui me convient. J'imagine que j'attends celui qui me donnera envie de ne pas brusquer les choses moi aussi.

— J'ai été maladroite, oublie ce que j'ai dit s'il te plait. Je t'aime Ju ! dis-je avec une petite moue pour tenter de l'attendrir.

— Mouais. C'est oublié ! Bon, et tu comptes me le présenter quand ton Apollon ?

— Bientôt, j'espère !

Chapitre 18

Il fait un temps superbe cet après-midi.

Louis fête l'anniversaire de Théo à la piscine du quartier et moi, dans quelques minutes, je m'apprête à découvrir si Nathan a bien reçu ma réponse, glissée dans sa boîte aux lettres il y a quelques jours. Je le félicitais pour l'effort d'écriture – avec une pensée toute particulière pour son poignet qui doit encore en ressentir les effets. Je lui notifiais également, que sa récompense l'attendrait le samedi suivant (aujourd'hui donc) à 15 h 00 dans le parc, sur le banc rouge décrépi, à côté du grand chêne tortueux. Tous ces détails pour être bien certaine qu'il me trouvera.

Je m'assoie avec quinze minutes d'avance – je préfère arriver la première – et j'attends, le regard fixé sur l'entrée du parc. Je tiens un sac de pain dur à la main. Habituellement, c'est avec Louis que je donne à manger aux canards. Mais je suis sûre qu'il ne m'en voudra pas, pour cette fois, de le faire sans lui. Nous pourrons y retourner ensemble demain s'il le souhaite. J'en connais qui seront ravis d'avoir double ration.

Soudain, une présence derrière moi me fait sursauter. Deux mains délicieusement parfumées et plutôt confiantes, m'enlacent le visage et je tremble de plus belle. Par où est-il entré ? Je reste assise, je ne bouge pas. Je sais qu'il s'agit bien de Nathan. Imaginez deux secondes la même scène avec le clodo du trottoir d'en face : l'odeur des paluches n'aurait pas été aussi séduisante. Bref, revenons à nos moutons sur le champs, avant que je vomisse mon déjeuner.

— Vous attendez quelqu'un ? commence-t-il.

— Oui. Un vilain garçon récemment jugé pour outrage à jeune fille ayant un peu trop picolé.

— A-t-il été puni pour cela ?

— Il me semble que son procès a eu lieu il y a quelques jours.

— J'espère que la sentence n'aura pas été trop sévère.

— Ne vous en faites pas. Je suis persuadée que la juge aura été clémente et qu'il n'aura écopé que d'une toute petite peine.

Il ne répond rien.

Il détache ses mains et contourne le banc pour me faire face. D'un geste ferme mais délicat, il m'attire vers lui. Je suis debout, à quelques centimètres de lui. Nous nous regardons un moment sans bouger. J'ai envie de l'embrasser mais je n'en fais rien. Lui non plus. Puis, nous marchons main dans la main vers le lac, silencieux. Au bout d'un court instant, Nathan baisse la tête en direction du sac rempli de croûtons qui ballotte au bout de mon bras resté libre.

— Je vois que tu as prévu de quoi satisfaire les canards ?

On se tutoie maintenant ? Ok, ça me va.

— On ne peut rien te cacher !

Je marque une courte pause et reprends.

— … si tu es ici, j'en déduis que tu as trouvé mon message dans la boîte aux lettres de ta sœur.

— Perspicace ! Et à vrai dire, je ne pensais pas que tu jouerais le jeu.

— C'est mal me connaître ! Je suis ravie que tu sois là, Nathan.

— Je suis content d'être ici moi aussi, Marion. Je fais encore des cauchemars de ma punition, tu sais. Tenir un stylo pendant des heures ne m'a jamais effrayé, mais là, j'avoue que les cent lignes ont eu du mal à passer.

— C'était pour plaisanter. Si tu m'as prise au mot, c'est ton problème !

— Il fallait bien ça. J'étais obsédé à l'idée de passer un moment seul avec toi. Ta proposition de nous revoir aujourd'hui m'a rendu fou de joie et d'impatience.

— Ravie de t'avoir rendu service alors. Je reconnais que j'avais hâte de te revoir moi aussi.

Arrivés devant l'étang, Nathan se positionne devant moi, déterminé. Il est très proche. Je le regarde en levant la tête – il me dépasse d'au moins quinze centimètres.

— D'ailleurs, au vu de tous les efforts que j'ai fournis, ne penses-tu pas que j'ai bien mérité la récompense que tu m'as promise dans ta lettre ?

Il se rapproche encore – un peu trop pour que je reste lucide. Je ne réponds plus de rien. Je suis sa marionnette, il peut faire de moi tout ce qu'il veut. Sauf me jeter tout habillée dans la mare.

Il n'est plus qu'à quelques millimètres de moi.

— Puis-je ?

— Surtout ne te gêne pas.

J'ai à peine terminé ma phrase que sa bouche se retrouve collée contre la mienne. Il m'embrasse là ? Je crois bien que oui. Il s'autorise une intensité qui ne me déplaît pas du tout. C'est génial même ! Nos lèvres s'entrouvrent, se dégustent. Je sens son souffle chaud sur mon visage et je savoure ce moment hors du temps. Les papillons dans mon ventre me procurent la sensation d'une nuée indomptable qui finit par envahir mon corps tout entier. Oui, je sais, il m'en faut peu, Jiminy, je t'entends d'ici. Mais ça fait tellement longtemps que ça ne m'était pas arrivé, que j'en avais presque oublié cette délicieuse sensation.

Je lâche le sac de pain dur – les canards attendront, j'ai plus urgent à faire. Emportée par cette douce folie, je place mes mains autour de son cou, puis je les remonte lentement le long de sa nuque et laisse mes doigts vagabonder dans ses cheveux. On reste ainsi un long moment, à se goûter l'un l'autre et se ficher des gens qui déambulent autour de nous.

Nous sommes seuls au monde.

Ce baiser était tout simplement extraordinaire. Et contrairement à ma salade de l'avant-veille, le canard à trois pattes a du souci à se faire.

J'ai l'impression de revivre, de retrouver ma féminité. Je ne me suis jamais sentie aussi désirable de toute ma vie. Tous mes sens sont en émoi. Je n'ai qu'une seule envie à cet instant : profiter de ce désir de l'autre retrouvé et terminer ce que nous venons de commencer, dans mon super canapé-lit. *Je te rappelle que tu as des principes ma vieille. Tu ne couches pas le premier soir, et ça marche aussi pour l'après-midi. Souviens-toi de ce que tu as gentiment balancé à ton amie, l'autre soir. Donc, tu vas redescendre en température et attendre sagement qu'un autre moment opportun se présente. Ok ?* Je vais lui faire la peau à celui-là !

Bien entendu, je n'en ai rien fait. Et Nathan n'a rien tenté non plus.

Nous nous sommes simplement embrassés pour la première fois, entre l'écriteau « ne pas nourrir les canards » et le distributeur de sacs à crottes flambant neuf.

Chapitre 19

Personne n'est au courant de cette incartade qui, pour chacun de nous représente bien plus que ça, mais une certaine pudeur en ce début de relation nous empêche de nous l'avouer. Et, étant donné que Nathan ne vit pas encore ici, c'est plus simple de garder le secret pour le moment.

À chacune de ses visites dans l'appartement d'à côté, nous convenons de rendez-vous clandestins pour revivre des instants volés dans l'ascenseur, la cage d'escalier ou encore derrière la grande plante grasse du hall d'entrée – qui manifestement s'y plait plutôt bien au vu de sa taille gargantuesque.

Je n'ai jamais autant descendu les poubelles et relevé mon courrier tard le soir, que depuis ces dernières semaines. Nathan non plus d'ailleurs. Je vous rassure, je ne descends jamais plus de cinq minutes pour ne pas laisser Louis, bien que profondément endormi, trop longtemps tout seul. Deux adolescents qui craignent d'être pris sur le fait. Voilà ce que nous sommes.

J'apprécie qu'il soit patient et respecte ma volonté de ne pas brusquer les choses. J'aimerais sincèrement que notre relation devienne plus sérieuse. Que nous parlions de choses plus sérieuses, de nos vies passées, de nos anciennes relations et des nouvelles, ainsi que de nos projets.

Mais depuis quelques jours, je le trouve préoccupé et même distant. Je n'ose pas lui en parler. Je verrai bien comment se passe notre premier vrai rendez-vous. Il m'a invitée au restaurant le weekend prochain.

Entre-temps, il révèlera à sa sœur – et moi à Julia – ce que nous leur cachons depuis bien assez longtemps.

Chapitre 20

— Maaaaaaaaa ! Je suis tellement contente pour toi ! Bien qu'un peu déçue de ne pas avoir pu donner mon avis, avant qu'il ne te fourre sa langue dans la bouche !

Elle a toujours cette façon bien à elle d'aborder les choses, qui contrebalance avec son physique de femme d'affaire. Elle m'épate.

— Tu veux bien baisser d'un ton, s'il te plait, tout le monde nous regarde.

— N'importe quoi.

Décidément, elle n'a toujours pas les yeux en face des trous. Je lui réponds, avec quelques décibels en moins pour la forcer à en faire autant.

— Oui, je sais, mais tout est arrivé si vite. Et, au début on voulait garder ça pour nous.

— T'inquiète ma vieille, tu ne perds rien pour attendre. Tu as intérêt à me le présenter avant de m'annoncer que tu vas te marier, que tu attends des triplés et que tu vas déménager à l'autre bout de la France pour ses beaux yeux !

— Alors, pour le déménagement, il n'y a pas de risque, c'est lui qui vient. Il a accepté une mutation pour septembre. Quant au mariage et aux triplés, je ne peux rien te promettre.

— Fais comme tu veux, mais j'espère au moins que je serai ton témoin et leur marraine !

— Bien évidemment. Mais je te rappelle que tu es déjà la marraine de Louis. Je ne sais pas si on peut l'être plusieurs fois.

— Bref ! Il faut absolument qu'on fête ça ! Champaaaaagne ! hurle-t-elle de plus belle.

Tous les clients profitent à nouveau de la distraction que mon amie se plaît à leur offrir.

Je laisse tomber. Elle est irrécupérable.

Voici donc un bref aperçu de la réaction de Julia, à l'annonce de mes petites cachotteries bien gardées. Même notre petit serveur, pourtant habitué à nos élucubrations, a été surpris par tant d'exubérance. Vous vous souvenez du cri de l'oie qu'on égorge dans la boutique de fringues ? Bah, c'était de la gnognotte à côté de ce soir. Elle m'a une nouvelle fois défoncé les tympans et j'ai encore des acouphènes terribles.

La fin de la semaine fut, certes routinière, mais très agréable. En revanche, elle m'a paru durer une éternité. C'est toujours la même chose lorsqu'on attend impatiemment un événement : le temps semble avancer à reculons.

Chapitre 21

C'est en tout autre compagnie que je m'apprête à passer ma deuxième soirée au resto de la semaine. Et cette compagnie-là, a un effet complètement différent sur moi. En revanche, il va falloir que je ralentisse le rythme « bonne-bouffe-alcool », autrement je n'arriverai jamais à éliminer tous ces vilains kilos qui s'accrochent éperdument à moi. Je m'étais pourtant bien décidée à les perdre il y a de ça quelques mois, mais je n'en vois toujours pas les effets sur ma balance – ce doit être elle qui déconne.

Nous nous installons à la table d'un restaurant d'à peine une trentaine de couverts. Le chef y propose une cuisine raffinée et abordable. La combinaison parfaite pour passer une bonne soirée. Paraît qu'il faut réserver au moins des semaines à l'avance. Je ne sais pas comment

Nathan a fait pour obtenir une table en si peu de temps. Bref, je me sens privilégiée.

« L'Auberge des saveurs » est située dans une petite rue à l'abri des regards. L'établissement ne doit sa notoriété qu'au bouche à oreille qui fonctionne apparemment très bien. Son intérieur en pierre, sa décoration délicate ainsi que le sourire de la personne qui nous accueille, sont chaleureux.

En été, les clients peuvent profiter d'une belle terrasse dont les hauts platanes qui l'entourent, garantissent à chaque convive une place à l'ombre, quel que soit celle qu'il occupe. Elle n'ouvre ses portes qu'à partir du mois de mai. À fortiori, nous profitons de la salle en intérieur qui n'a rien à lui envier.

Ce soir, Nathan paraît un peu plus détendu que l'autre jour, même si quelque-chose que j'ignore semble vouloir gâcher la fête. Je le trouve distrait.

— Tout va bien ?

— Comment ça pourrait ne pas aller ? Je me trouve dans un très bon restaurant avec celle qui hante mes nuits depuis des semaines.

Et paf ! De nouvelles chrysalides viennent d'éclore. Je rougis.

— Tout est parfait alors. On commande ?

Je ne déroge pas à mon traditionnel verre de ce doux breuvage un peu fruité qui s'accorde avec tout selon moi, et Nathan se laisse tenter par un cocktail maison, à base de vodka, de litchi et de menthe poivrée.

— Ce n'est pas toi qui, y'a pas si longtemps, critiquais les goûts si particuliers de ta sœur ?

— Si. Mais, je trouve que l'on peut plus facilement se permettre des excentricités, quand ça se boit.

— Si tu le dis. Et pourrai-je goûter ce mélange qui a le mérite d'attiser ma curiosité ?

— Tu pourras goûter tout ce que tu veux, quand tu veux et où tu veux.

Ça y est, il recommence. J'ai failli tomber de ma chaise et avaler de travers. J'aurais eu l'air fin à tousser comme un phoque avec les yeux qui pleurent et mon mascara qui coule. Une nouvelle espèce de panda-phoque.

— Je tâcherai de m'en rappeler quand une opportunité se présentera.

L'ambiance est feutrée, elle me rappelle celle du salon-billard-bibliothèque de Julia. Le restaurant se remplit progressivement, pour autant nous ne sommes pas dérangés par les discussions qui se forment tout autour de nous. Bien au contraire, il y a un respect mutuel qui s'impose naturellement, et une bienveillance collective qui procure à ce lieu une impression de bien-être absolu, et l'envie de profiter du moment comme s'il n'y avait que nous, une nouvelle fois.

Comme pour garder nos échanges secrets, nous rapprochons nos visages du centre de la table. Aussi proche de lui, j'ai du mal à résister à la tentation. Je lui sors le grand jeu, en mode aguicheuse du dimanche ou séductrice à deux balles, c'est vous qui voyez.

Je commence par rabattre une mèche de cheveux derrière mon oreille, puis je mords lentement le coin de ma lèvre inférieure. Je caresse ensuite le contour de mon verre du bout de mon index tout en le dévorant des yeux.

Si avec tous ces signaux, il ne comprend toujours pas, abandonne, c'est mieux ! J'ignore la petite voix rabat-joie et je continue mon numéro de charme. *Pfff !* Mince, il ne semble pas déstabilisé. *De toute évidence, tu as encore du boulot en matière de séduction ma vieille !* Ça suffit, tais-toi s'il te plait.

Nathan reste immobile à profiter du (pitoyable) spectacle que je lui offre, puis, il se rapproche lentement et dépose un baiser à la commissure de mes lèvres. *Bon ok, je retire ce que j'ai dit.*

Je ferme les yeux. Encore des pensées peu recommandables qui seront vite chassées par le serveur qui nous apporte nos entrées.

— Bonsoir. Pour Madame, le carpaccio de Saint Jacques et son émulsion de combawa et pour Monsieur, les ris de veau croustillants aux morilles.

— Merci beaucoup, dis-je en salivant devant cette belle assiette.

Nathan continue en jetant un œil à l'ardoise accrochée au mur.

— Nous allons prendre une bouteille de vin avec ça.

Concentré sur sa tâche, il examine les différents cépages inscrits finement à la craie, puis indique au serveur le nom d'un Grand Cru qui m'est totalement inconnu, mais qui, rien qu'à son appellation, donne déjà envie de le porter à ses lèvres. Je lui fais confiance, de toute façon je n'y connais rien.

Chaque plat est un régal pour nos yeux et nos papilles. Pendant le repas, nous discutons de notre enfance, de nos attentes sur la vie, de nos métiers. Il faut reconnaître que jusqu'à présent, nous passions plus de temps à nous galocher en cachette, qu'à en apprendre un peu plus l'un sur l'autre. Nathan travaille dans l'enseignement – je comprends mieux son engouement pour les lignes à recopier et sa si belle écriture – et devinez quoi ? Le nouveau poste dont il m'a parlé n'est autre que celui de directeur de l'école maternelle où Louis fera sa première rentrée.

Quelle délicieuse coïncidence !

L'aparté sur mon enfance fut plutôt court. Il n'y a pas grand-chose à dire. Je n'ai pas connu mon père mais je n'ai pas été malheureuse pour autant. Ma mère m'a élevée seule jusqu'à ce que ce fichu crustacé à pinces vienne tout foutre en l'air et l'emporte bien trop rapidement.

J'avais 17 ans. J'entrais en Terminale.

Mes grands-parents maternels m'ont accueillie et j'ai terminé mon année de lycée choyée. J'ai décroché le bac in extrémis et j'ai enchaîné les petits boulots pour les aider à la maison. Nous vivions à trois sur la seule mince retraite de mon grand-père et ce n'était pas facile tous les jours. Même lorsque je me suis installée dans l'appartement que j'occupe actuellement, je continuais de les aider modestement, ils le méritaient. À cette époque, j'avais l'impression que tout s'écroulait autour de moi. Les avoir à mes côtés m'aidait à ne pas flancher. Lorsqu'ils sont décédés, il y aura bientôt quatre ans, ma descente aux enfers a commencé.

— Je suis vraiment désolé pour ta mère et tes grands-parents. Où qu'ils soient, ils doivent être fiers de ce que tu es devenue. Une maman magnifique qui élève seule son petit garçon et qui gère remarquablement le quotidien.

— Ça me fait chaud au cœur de t'entendre dire ça. Parfois, je me pose tout un tas de questions, je me demande si je fais bien les choses ou si je ne suis pas en train de rater ma vie et entraîner Louis dans ma chute.

À la simple évocation de son prénom, le regard de Nathan change. Lui d'ordinaire si profond et intense, devient fragile et absent. Nathan est ailleurs, je le sens, je le sais. Je n'ose pas l'interrompre dans ses pensées, quelles qu'elles soient. Puis, comme si on l'avait soudainement exorcisé, il revient à l'instant présent, assis à cette table avec moi.

— Marion, puis-je te poser une question à laquelle tu as le droit de ne pas répondre ?

— Je n'ai rien à cacher. Je t'écoute.

— Est-ce par choix que tu élèves seule Louis ?

Je suis un peu décontenancée mais je lui réponds.

— Louis est entré dans ma vie quand j'en avais le plus besoin. La découverte de ma grossesse, bien qu'accidentelle, m'a redonné le goût de vivre. Je n'étais plus seule désormais. J'ai beaucoup douté tu sais, mais les circonstances de sa conception sont ce qu'elles sont et malheureusement, je ne peux rien y changer.

Nathan ne dit rien. Il regarde dans le vide, par-dessus mon épaule. Parfois, le silence est nécessaire. Je l'abandonne une nouvelle fois à ses pensées et au bout de quelques secondes, il prend à nouveau la parole.

— Nous avons tous nos moments de doute, nos remords, nos regrets, à propos de décisions que nous avons prises et qui finalement n'étaient peut-être pas les bonnes. Ou au contraire celles que nous n'avons pas osé prendre et qui se révèlent être la plus grosse erreur de notre vie.

Je perçois beaucoup de nostalgie et de tristesse dans sa voix. Je ne pose aucune question qui chercheraient à en savoir davantage. Cela fait à peine quelques semaines qu'on se fréquente et je ne me sens pas encore légitime d'entrer dans son intimité comme un bulldozer. Je me contente de poser ma main sur la sienne et, après un nouveau silence, il reprend, le regard fuyant.

— Tu aurais aimé le revoir ?

— Ça fait beaucoup de questions pour un premier rendez-vous dis-moi ! De qui parles-tu ?

— Du père de Louis.

Je n'avais jamais évoqué le géniteur de mon fils autrement que sous ce nom. Je ressens comme un coup de poignard dans l'estomac. Bien qu'il n'ait pas tout à fait tort de l'appeler ainsi, ce titre doit se mériter selon moi. Ça me fait drôle d'entendre ça.

— Pour être honnête, je ne sais pas du tout. Et même si à l'époque j'en avais eu envie, je ne connaissais rien de lui. J'ai très peu de souvenir de comment c'est arrivé et je n'en suis pas très fière.

Le ton de ma voix lui intime l'ordre de s'en arrêter-là pour le moment. Sans réaction particulière, il choisit de me parler un peu de lui. Je suis tout ouïe. Il me raconte un peu son enfance avec Lucile et ses parents, eux aussi dans l'enseignement et à présent retraités, qui vivent toujours dans le nord de la France. Il les voit dès qu'il en a l'occasion. Il apprécie toujours autant sa région natale et cette sensation d'évasion que cela lui procure. Peut-être qu'un jour, j'aurai moi aussi l'occasion de voir ces belles maisons à colombages, ces falaises vertigineuses de craie blanche et ces grandes plages de galets qui vous abîment les pieds, mais qui n'ont rien à envier à celles de sable fin tant prisées.

Le temps défile. Les desserts sont servis.

Je me retiens pour ne pas me jeter comme une affamée sur mon entremet trois chocolats, qui m'envoie des signaux auxquels il m'est difficile de résister. Je me concentre sur chaque bouchée pour ne pas terminer mon assiette en premier. Mais Nathan, qui semble ne pas vouloir s'arrêter de parler, n'a toujours pas touché à son bavarois aux fruits rouges. Alors, pour gagner du temps, je me noie l'estomac : un coup avec de l'eau plate, un coup avec du vin.

Et je bois aussi les paroles de Nathan.

Il évoque brièvement sa dernière relation amoureuse. J'ai cru comprendre que ça n'a pas fonctionné. Apparemment c'est elle qui l'aurait quitté. Je me dis que c'est peut-être ce qui l'a encouragé à accepter cette mutation.

Secrètement, je remercie cette parfaite inconnue de ne pas s'être amourachée de la personne que je désire le plus au monde à l'heure qu'il est.

Quel bel exemple d'égocentrisme Marion !

Tu n'as rien d'autre à faire toi ?

Chapitre 22

Lucile se réjouissait tellement elle aussi de ce début d'idylle entre son frère et moi, qu'elle nous a quasiment fichus à la porte tout à l'heure. Ou bien, est-ce parce qu'elle était trop impatiente de pouponner son « futur petit neveu » – comme elle le dit si bien. *Les choses ne vont-elles pas un peu trop vite ?* Peu importe, je profite de l'instant présent et Louis ne semble absolument pas malheureux de la situation. Entre Valérie et Lucile, il ne sait plus où donner de la tête avec toutes ces jolies dames toujours prêtes à le cajoler. Et il semble beaucoup apprécier Nathan aussi.

De retour du restaurant, lorsque nous entrons dans mon appartement, Lucile est profondément endormie sur mon canapé – pas si inconfortable que ça apparemment. Ne souhaitant pas la réveiller, nous quittons la pièce sans faire de bruit.

Aucun de nous deux n'ose avouer que la situation lui convient parfaitement. Une fois à l'extérieur, comme si elle était complice de ce qui semble vouloir se passer, la minuterie du palier s'éteint et personne n'a envie de la rallumer.

C'est le noir complet. Ce noir qui exalte les sens et vous fait perdre toute notion du raisonnable – je parle pour moi en tout cas.

Alors que je commence à peine à m'habituer à cette obscurité soudaine, Nathan se rapproche de moi. Son corps vient doucement se coller contre mon dos. Je suis coincée entre lui et le mur du couloir. Je ne peux plus bouger, mais cela n'a pas d'importante. Je n'ai absolument aucune envie de me débattre de toute façon. L'excitation qui l'anime est palpable. Il dégage légèrement mes cheveux et m'embrasse dans le cou avec passion. Je sens son souffle sur ma nuque. Des frissons me parcourent tout entière, du haut de mon crâne jusqu'au bout de mes orteils. Il me caresse et n'épargne aucune partie de ce corps qu'il retient prisonnier.

Mon corps s'embrase de l'intérieur.

Puis, il relâche légèrement son étreinte, je peux alors me retourner. Je suis à présent face à lui.

Proche de lui. Nos visages se frôlent, nos bouches se goûtent à nouveau, nos doigts s'entremêlent. Nathan est toujours contre moi. Je glisse mes mains sous sa chemise et j'effleure son torse avec un plaisir non dissimulé. J'aime sa peau, son odeur, sa façon de m'embrasser comme s'il voulait me dévorer toute crue. Sans s'interrompre, il attrape ses clés dans sa poche et ouvre la porte de l'appartement de sa sœur. D'une main déterminée placée en bas de mes reins, il m'invite à entrer.

Nous continuons de nous embrasser intensément et quelques objets déstabilisés par nos corps impatients, tombent au sol dans un fracas qui nous amuse. Un rire complice accompagne nos ébats au travers d'une première grande pièce sombre – que je devine être le salon – jusqu'à pénétrer dans une chambre. Sa chambre.

J'entre dans son intimité et ça me plaît.

La pièce est spartiate et manque cruellement de caractère, mais le moment est mal choisi pour lui donner un cours de décoration d'intérieur. Nathan se montre attentionné, doux et prévenant, comme s'il cherchait mon approbation à chacune de ses intentions. Il me renverse prudemment sur le grand lit et m'enlace de plus belle. Je reconnais la fougue de notre premier long baiser dans le parc. Nous sommes encore tout habillés. Son corps robuste m'emprisonne de nouveau et je me laisse totalement aller. Il retire chacun de mes vêtements avec une séduisante maladresse et je l'aide à en faire autant, tout aussi maladroitement. Ses timides gémissements me font l'effet de milliers de décharges électriques dans le bas du ventre. Ma peau sous ses mains, je m'abandonne entièrement à lui, et nous passons les nombreuses prochaines minutes à froisser les draps, laissant échapper des soupirs étouffés – les murs ne sont pas si épais, vous imaginez le malaise si Louis et Lucile venaient à nous entendre.

Cet homme me rend encore plus folle que je ne le suis déjà. Je suis surtout folle de lui. Je voudrais que le temps s'arrête.

Au petit matin, encore tout étourdie par la nuit dernière, je mets un moment à comprendre où je suis. Un étrange sentiment que je ne saurais qualifier, vient me bousculer. Je l'ignore. Je souhaite que rien ne vienne perturber l'instant présent. J'observe Nathan, allongé sur le dos, encore endormi. Son corps nu est à moitié recouvert par le drap encore en désordre sur le sol.

Je ferme les yeux et respire profondément l'air qui m'est offert. Je me sens vivante.

Bouge-toi ma vieille, c'est bien beau de rêvasser mais tu sembles oublier que ton bambino va bientôt ouvrir un œil. Que pensera-t-il si sa maman n'est pas encore rentrée ?

Merde Louis ! Lucile ! Plus le temps de traîner. Je dois me dépêcher à rentrer avant qu'ils ne s'aperçoivent de quoi que soit – même si ce sera difficile de cacher la vérité à Lucile. Elle est loin d'être idiote et de toute façon ça doit se voir à dix milles que j'ai passé une des plus belles nuits de ma vie.

Je dépose un tendre baiser sur la joue de Nathan. Il gémit mais ne se réveille pas. Je récupère mes vêtements éparpillés un peu partout dans la pièce. Punaise on s'est battus ou quoi ? *Non, aucune bagarre, pour autant je peux te garantir que tout n'était pas beau à voir !*

Avant de sortir de la chambre, je jette un dernier coup d'œil à celui qui a su raviver en moi cette petite étincelle qui ne brillait plus depuis bien trop longtemps.

Comme une ado qui panique à l'idée de se faire prendre, je tiens mes chaussures à la main et ouvre la porte de mon appartement le plus discrètement possible. L'heure du micro-onde indique 07 h 35. Je balaye rapidement la pièce des yeux et je croise ceux de Lucile qui, à en croire la tasse fumante qu'elle tient entre ses mains, s'est permise de se faire couler un café en attendant que je daigne me montrer. Elle a très bien fait. Je sursaute légèrement lorsqu'elle entame la conversation.

— Salut Marion, bien dormi ?

— Euh oui merci. Et toi ? Pas trop mal au dos ?

— Pas de souci. Ça m'a rappelé mes années étudiantes.

On se regarde sans rien dire. Je me sens embarrassée.

— Dis, Lucile, tu sais, je suis désolée de…

— Oula ! Je t'arrête tout de suite. Tu es une grande fille, tu ne me dois aucune explication. Vous êtes majeurs, vous faites ce que vous voulez. Si vous vous êtes bien amusés, c'est tout ce qui compte.

— Mais…

— Et puis, Louis a été adorable, tu me le laisses quand tu veux. Je lui ai d'ailleurs promis très vite une revanche au Memory.

La perfection doit être une histoire de famille chez les Joubert. Elle me surprend et me rassure aussi.

— Merci Lucile. J'ai en effet passé une très bonne soirée et j'espère que Nathan aura le même ressenti.

— Y'a aucune raison qu'il en soit autrement Marion.

Elle quittera l'appartement quelques minutes plus tard. C'est idiot mais j'aurais bien discuté un peu plus avec elle. J'apprécie de plus en plus les moments que nous passons ensemble.

L'été approche à grands pas.

Je me prépare à être séparée de Nathan pour un temps et à ne pas pouvoir en profiter autant que je le souhaiterais, malheureusement. Il doit organiser son déménagement, finaliser sa mutation et profiter de ses parents avant le rush de la rentrée scolaire. Les aurevoirs sont déchirants mais je sais que ce n'est que pour quelques semaines. J'ai peu de jours de congés et Lucile aussi. Il sera bien mieux à profiter de sa famille et des belles journées dans sa Normandie.

Chapitre 23

Quatre ans plus tôt

Je regarde le bâtonnet en plastique depuis vingt bonnes minutes dans l'espoir que les deux barres disparaissent, changent de couleur ou je ne sais quoi encore. Un dysfonctionnement, ça arrive non ? Julia est à côté de moi. Nous avions rendez-vous dans ma salle de bain à la première heure ce matin.

— Ma, c'est le troisième test que tu fais. Ça peut déconner une fois mais à trois reprises, c'est quand même assez rare.

— Qu'est-ce que je vais faire ?

— Ce n'est pas une décision à prendre à la légère. Ne précipite rien.

— Je sais. Tu crois que je devrais le garder ?

— Laisse-toi le temps d'y réfléchir. Tu as certainement encore quelques semaines avant qu'il ne soit trop tard pour faire marche arrière. Ma, pardon de te demander ça mais, tu sais de qui il est ?

— J'en ai bien peur, oui.

— Oh non, Ma ! Ne me dis pas que c'est cet enfoiré de Mathieu ?

— Non, impossible, les dates ne collent pas. Et puis, il veillait à ce que nous nous protégions à chaque fois, et doublement.

— Tu m'étonnes, il ne voulait pas s'encombrer d'un autre marmot ! Bon, c'est qui alors ? Ah ! J'ai trouvé ! Le beau dos tatoué du bar, c'est ça ?

— Tu fais les questions et les réponses, Ju ! Oui, ça ne peut être que lui.

— Et tu n'as vraiment aucun moyen de le retrouver ?

— Je pourrais demander les coordonnées de la réservation à l'hôtel mais je ne sais pas si je suis prête à ça. Imagine s'il est marié, ou pire, s'il a des enfants. Je ne veux pas détruire sa vie.

— Si c'était le cas, il l'aurait bien cherché, crois-moi !

— Julia, c'est bon, arrête s'il te plait.

Elle marque une pause, puis reprend.

— Ma, qu'est-ce qui t'inquiète ?

— Je n'en sais rien. Je me sens si seule depuis qu'ils ne sont plus là et j'ai besoin de me raccrocher à quelque-chose, à quelqu'un. D'avoir un but…

— Je comprends.

Julia se rapproche de moi et pose une main rassurante sur mon bras. Je continue.

— … je me dis qu'il tombe peut-être à pic ce bout de chou, mais je ne voudrais pas le garder pour les mauvaises raisons. Je vais l'élever seule, il faut que j'en sois consciente. N'est-ce pas égoïste de ma part ? Il en sera peut-être malheureux plus tard. Qu'est-ce que je vais lui dire s'il me pose des questions sur son père ? Et comment je vais faire si jamais il…

— Tu as fini de t'encombrer l'esprit avec toutes ces questions. Elles sont totalement légitimes, mais que te dicte ton cœur, là, maintenant ?

— Il me dit de le garder, je crois.

— Bien.

Julia attrape son téléphone, fait une rapide recherche sur Internet et compose un numéro. Trois sonneries plus tard, quelqu'un décroche et je comprends qu'elle est en train de prendre rendez-vous pour un suivi de grossesse. L'appel n'aura duré que quelques minutes. Elle raccroche et prend un air grave.

— J'ai une mauvaise nouvelle Ma !

— Qu'est-ce qu'il y a ?

— Tu vas devoir te passer de ta pizza au chèvre la semaine prochaine. Nous sommes attendues jeudi à 18 h 45 à la clinique. Ce sont des pointures et il paraît que les obstétriciens sont ultra canons !

— *Nous* avons rendez-vous ?

— Parce que tu crois que je vais te laisser y aller toute seule ? Je te signale que tu portes mon futur neveu ou ma future nièce. Tu vas devoir me supporter à chaque étape.

Puis, elle enchaîne d'un ton plus solennel avec une main sur la poitrine et des mimiques assez théâtrales.

— « Éclat de voix ou éclat de rire, je serai toujours là, que tu le veuilles ou pas ». Ça te rappelle quelque-chose ?

Je suis émue. À cet instant, je réalise à quel point j'ai de la chance de l'avoir dans ma vie.

— Ok ! Adieu ma délicieuse pizza et va pour un sandwich dégueulasse du distributeur de la salle d'attente.

Julia sourit tendrement et me prend la main.

— Tout va bien se passer, ok ? Je veillerai sur toi. Après tout, je me sens un peu responsable. Si je ne t'avais pas abandonnée ce soir-là, je suis sûre que…

— Julia ?

— Oui ?

— Je voudrais que tu me promettes une chose.

— Tout ce que tu voudras.

— Promets-moi qu'on ne reparlera plus jamais de cette soirée, ni de cette conversation, s'il te plaît.

— Croix de bois, croix de fer !

Elle s'est arrêtée là. J'ignore si elle l'a fait exprès ou si c'est parce qu'elle ne connaît pas la suite, mais je sais qu'elle tiendra parole.

Chapitre 24

Nathan est parti depuis une semaine. Nous ne nous sommes contactés que deux fois seulement. Il disait être par monts et par vaux et n'accordait jamais plus de dix minutes à nos conversations. J'ai hâte qu'il revienne et que nous puissions retrouver des échanges bien moins impersonnels.

Je déteste discuter par téléphone. Et lui aussi manifestement.

Un soir en rentrant du travail, je me décide enfin à relever mon courrier. Cela doit faire au moins dix jours que je ne m'en suis pas occupée. Julia m'avait pourtant demandé d'y veiller l'autre jour. Mais, j'y pense systématiquement qu'une fois arrivée devant ma porte au sixième. Je n'ai pourtant aucune excuse, les boîtes aux lettres habillent tout un pan du couloir avant d'arriver aux escaliers ou à l'ascenseur. J'y mets clairement de la mauvaise volonté, je le reconnais. Mais j'ai très souvent les bras chargés, alors c'est pas… *Oui, bon, tu ne vas pas nous pomper l'air pendant des heures avec ton courrier !* Il va se détendre le grillon !

Au milieu de tout un tas de publicités et autres mauvaises nouvelles à payer, je découvre une enveloppe blanche portant en toute simplicité mon prénom sur le devant. Je reconnais cette belle écriture ronde. Mon cœur s'emballe. Ôtez-moi d'un doute : il n'a pourtant pas reçu de nouvelle punition ?

Bien qu'impatiente de le lire, je prends tout de même le temps de monter chez moi, m'occuper de Louis, ranger un peu l'appartement et préparer le dîner. J'attendrai d'être au calme dans mon lit pour l'ouvrir.

Chapitre 25

Nathan

Je n'ai pas eu le courage de parler à Marion hier au restaurant, ni à un autre moment d'ailleurs. Pourquoi mettre le bazar dans sa vie et celle de Louis, alors qu'elle semble ne se souvenir de rien ?

La nuit dernière m'a rappelé à quel point cette femme que je connais à peine, m'a manqué et ô combien elle est importante à mes yeux. De longs mois après cette rencontre fortuite dans ce bar, les sentiments forts que j'ai ressentis à son égard, sa tant regrettée disparition le lendemain, et mes nombreuses mais vaines tentatives pour la retrouver, j'avais fini par me faire une raison.

Jamais je ne la reverrai.

Et pourtant, elle est de nouveau là et tout se mélange dans ma tête. Une part de moi voudrait tout lui raconter mais, égoïstement, je me dis que cela mettrait en péril notre relation. Je me sens tellement coupable de lui cacher la vérité depuis tout ce temps.

Ne mérite-t-elle pas de la connaitre ?

Bien-sûr. Il faut qu'elle sache. Même si la perdre pour de bon en est le prix à payer.

Je choisis une manière peut-être plus douce d'aborder les choses (plus lâche aussi) et je compte sur sa boîte aux lettres pour me rendre un dernier petit service.

Chapitre 26

Je n'ai pas fermé l'œil de toute la nuit. J'étais complétement abattue par ce que je venais de lire. Un mélange de sentiments complexes et contradictoires que je ne parviens pas à définir précisément. Je ressens une profonde déception mêlée d'une certaine excitation.

J'attends Julia d'une minute à l'autre. Je l'ai dérangée en plein milieu d'un rencard, qui ne devait pas être si exceptionnel vu qu'elle a pris l'appel et n'a pas hésité à le planter en plein coït.

— Calme-toi, il y a sûrement une explication à tout ça. Je serai là dans trente minutes. Même à cette heure-ci les RER ne manquent pas. Tu ne bouges surtout pas !

— Je ne comptais aller nulle part de toute façon. Merci à Ju. A tout de suite.

Avant qu'elle ne raccroche, je saisis les quelques mots qu'elle adresse sans aucun doute au pauvre garçon qui se souviendra longtemps de cette soirée – pourvu qu'il ait eu le temps de se rhabiller au moins.

« C'est une urgence, je dois te laisser. Je suis désolée. On s'appelle ».

Je ne crois pas qu'il aura envie de la rappeler après ça et je doute qu'elle le fasse aussi. Je me demande en revanche, si elle sera suffisamment culottée cette fois-ci pour lui demander de la déposer en voiture. Elle n'en fit rien et arriva au bout de trente minutes, comme elle l'avait prédit.

Julia tient fermement entre ses mains la lettre écrite par Nathan quelques jours avant son départ, et plus précisément après notre première nuit ensemble. Concentrée, elle s'applique à prononcer chaque mot de chaque phrase à haute et intelligible voix.

Entendre ces mots, ceux que j'ai moi-même lus un peu plus tôt, me déchire le cœur une nouvelle fois. Je ressens de la colère à présent. *Sais-tu au moins envers qui, lui ou toi ?* Eh bien non justement.

Une fois sa lecture achevée, mon amie se tourne vers moi et me prend la main. Elle me regarde avec une attention toute particulière que je ne lui connaissais pas encore, et son visage détendu, ses sourcils défroncés, ont un effet assez rassurant sur moi. C'est bizarre, je ne me l'explique pas. Pourtant ma colère n'a pas disparu.

— Tu veux un avis sincère Ma ?

— Evidemment bourrique ! Sinon je ne t'aurais pas demandé de venir.

— Ok mais ça risque de ne pas te plaire.

— Dis toujours. Au point où j'en suis, je peux tout entendre.

Elle s'enfonce un peu plus dans le clic-clac jusqu'à ce que son dos soit en appui sur un gros coussin. Elle boit une gorgée de café – il doit être froid à présent –, et prend mes deux mains dans les siennes.

— Bon, je crois que c'est la plus merveilleuse déclaration d'amour que j'ai jamais lue de toute ma vie.

— Tu es tombée sur la tête ou quoi ?

— Non, je vais très bien, pourquoi ? Qu'est-ce que tu y vois toi ?

— Tout simplement, un manipulateur qui s'est bien fichu de moi pendant des semaines.

— Bon, si tu veux. Et comment tu aurais réagi si ce soir-là dans le parking, il t'avait dit : « Salut, moi c'est Nathan, on s'est envoyé en l'air il y a un bout de temps, tu étais complètement bourrée, un peu comme maintenant d'ailleurs, et je crois bien que je t'ai mise en cloque ».

— Je me demande si je n'aurais pas préféré qu'il joue franc jeu !

— Et de mauvaise foi en plus !

— Quoi ?

— Non mais tu t'entends parler Ma ? Un mec super canon et hyper attentionné, se souvient de toi après tout ce temps – alors que vous n'avez passé qu'une seule nuit ensemble –, a tenté visiblement de te retrouver avec les moyens qu'il avait – donc aucun –, te déclare sa flamme comme j'aimerais qu'on le fasse pour moi, et toi tu fais ta mijaurée !

J'encaisse sans rien dire. Elle poursuit, tout aussi résolue.

— Il n'est pas revenu pour Louis, il ignorait son existence. Il n'est revenu pour personne d'ailleurs. Tout cela n'est qu'une simple coïncidence. Il se trouve que tu vis à côté de sa sœur. Ce moment devait arriver un jour ou l'autre. Tu ne crois pas ?

— Oui peut-être…

— Lui se souvenait de toi mais tu ne te souvenais pas de lui. Je pense qu'il a voulu respecter ça. Le fait d'avoir retrouvé son inconnue perdue a peut-être réveillé des sentiments endormis et cette fois-ci, il n'a pas voulu laisser passer sa chance. Qu'est-ce qu'il y a de mal à ça ?

À l'aide de mon mouchoir déjà bien trempé, j'essuie les larmes que je ne peux contenir et aussi le filet de morve qui s'écoule de mon nez. Je sais, ce n'est pas très glamour, mais c'est pourtant comme ça que ça se passe !

Je continue de regarder le sol et d'un ton qui se veut radouci, je parle enfin.

— Ju, je suis complètement perdue. Je dois t'avouer que j'ai l'esprit totalement embrouillé. Une impression étrange me perturbe depuis le début de notre relation, mais j'ai préféré en ignorer tous les signes, tant ils me paraissaient absurdes.

— Tu sais, il paraît que notre cerveau à la faculté de mettre au placard les souvenirs que l'on souhaite oublier. Cette fameuse soirée était synonyme pour toi de descente aux enfers, alors, tu n'as peut-être pas fait le tri, c'est tout !

— Tu as peut-être raison, mais je me sens trompée. Je ne peux pas croire qu'il m'ait caché la vérité. Et en même temps qu'est-ce que ç'aurait changé ? Il me plait atrocement et je sens bien que Louis l'aime bien aussi.

— Enfin des paroles sensées ! Si tu veux mon avis…

— Tu ne te gênes pas pour le donner depuis tout à l'heure !

— … laisse passer l'été et réfléchis à ce que tu souhaites vraiment, sans te mettre la pression. Il t'a ouvert son cœur parce que ça devenait trop lourd à porter. Et puis, il ne t'a pas annoncé qu'il était un tueur en série non plus !

— C'est vrai. Même si le côté *Very Bad Boy* est super excitant !

— Tout à fait d'accord avec toi ! Merde Ma, il est complètement raide dingue de toi et prêt à aimer Louis…

Elle marque une courte pause puis reprend.

— … tu sais, nous n'avons jamais reparlé de tout ça toutes les deux. J'ai respecté la promesse que je t'ai faite à l'époque. Mais il serait peut-être temps à présent de rouvrir la page et lui parler à ton tour, de ce que tu sais à présent, et qu'il ignore.

— Tu as raison. Il a le droit de savoir lui aussi. Mais comment je dois m'y prendre ? Et Louis, comment va-t-il réagir ?

— Tu verras en temps voulu. Ne commence pas à te prendre la tête. Je te fais confiance, tu trouveras les mots qu'il faut.

— J'ai encore du mal à y croire. Cette histoire est complément dingue !

— Cette histoire est surtout complément canonissime Ma ! Saisis ta chance !

Chapitre 27

Marion,

Cette distance forcée entre nous et des sentiments retrouvés à ton égard, m'ont poussé à t'écrire ces quelques lignes et j'espère que nous pourrons en discuter à mon retour. J'espère surtout que tu me pardonneras de ne pas avoir eu le courage de te parler de tout ça avant. Egoïstement, je ne voulais pas ébranler ce que le destin nous a permis de vivre ces dernières semaines. Car oui, c'est bien le destin qui t'a remise sur ma route. Je n'ai rien provoqué. Et j'espère que tu me croiras.

Je ne suis pas fier de ce qui s'est passé ce soir-là. Tu n'en as réellement aucun souvenir ?

Nous étions à Paris, une soirée ordinaire dans un bar qui venait d'ouvrir, tu étais avec une amie à l'époque, une grande blonde séduisante qui n'a pas froid aux yeux, mais ce n'est pas elle qui m'a planté une flèche en plein un cœur. Je suis tombé amoureux de toi dès la première seconde où je t'ai vue. Tu riais, accoudée au comptoir. Tu dégageais tant de joie de vivre et tant de tristesse à la fois. C'est certainement ce qui m'a interpelé, touché et séduit aussi. Je ne te quittais pas des yeux, comme pour te protéger à distance des mâles remplis de mauvaises intentions, qui rôdaient tout autour de toi. Ton amie s'est occupée de les faire déguerpir. Je n'étais pas loin au cas où, mais tu ne m'as pas remarqué.

Je ne connaissais personne. J'étais descendu de Normandie pour un colloque sur l'innovation pédagogique dans l'enseignement. J'avais pris une chambre d'hôtel à proximité.

Tu semblais vouloir échapper à une réalité qui te dépassait, peut-être. Tu enchaînais les consommations, comme si tu comptais sur l'alcool pour ne plus ressentir ce chagrin qui te rongeait. Était-ce en lien avec la mort de tes grands-parents, comme tu me l'as expliqué hier soir au restaurant ? J'ai essayé de tout te dire mais je me suis ravisé. Pourquoi ? Je crois que je ne te sentais pas prête.

En plein milieu de la soirée, ton amie s'est échappée en compagnie d'un homme. Vous avez échangé quelques mots, puis elle est sortie. Tu es restée et j'en ai profité pour t'aborder. J'ai bien vu que tu n'étais pas dans un état normal, mais j'étais bien, et tu me donnais l'impression de l'être aussi. On a dansé un moment, flirté aussi.

Il fallait que tu arrêtes de boire, ça devenait dangereux pour toi. Mais, comment aurais-tu réagi si un parfait inconnu t'avait demandé de ralentir sur les margaritas ?

Alors, je n'ai rien trouvé de mieux que de te proposer de prolonger la soirée dans ma chambre d'hôtel. C'était la garantie de pouvoir veiller sur toi et que tu arrêtes de t'enivrer. Tu as accepté.

Tu me plaisais énormément et j'ai profité de ta vulnérabilité. Pardonne-moi Marion s'il te plaît. Je savais pertinemment que le lendemain, tu aurais tout oublié mais ce n'est pas grave, j'avais peut-être besoin de ça moi aussi à ce moment-là.

Tout se passait tellement bien que j'ai oublié que je profitais sciemment de la situation. J'ai honte si tu savais. Je ne t'ai forcée à rien, sois en certaine. Bien au contraire, je m'assurais que tu consentes chacun de mes gestes avant de les concrétiser. Depuis cette nuit-là, je ne t'ai jamais oubliée. Et dans ce lit, avec toi hier soir, j'ai retrouvé cette exaltation que j'avais ressentie cette nuit-là et que je n'ai jamais ressentie aussi intensément avec une autre.

Quand je me suis réveillé le lendemain, le lit était vide. Je cherchais désespérément un numéro de téléphone ou un nom que tu m'aurais laissé, mais rien. Tu as dû te demander ce que tu faisais là et tu as pris la fuite. À chacune de mes visites chez ma sœur, je suis retourné dans ce bar, en quête de toi. En vain. Alors j'ai fini par me faire une raison.

Puis, il y a eu cette rencontre dans le parking. Je croyais rêver. J'ai tout de suite compris que tu ne m'avais pas reconnu. Sans trop réfléchir et par respect pour toi, j'ai fait le choix déchirant de ne pas te reconnaître non plus. Et pourquoi pas repartir de zéro comme si rien ne s'était passé. J'en crevais d'envie Marion. Il fallait que je sois près de toi, de quelque manière que ce soit (ma mutation en est une). Mais il m'était difficile de te cacher la vérité plus longtemps.

Voilà pourquoi je rédige cette lettre aujourd'hui.

Je ne cherche pas à te mettre la pression, tu prendras le temps qu'il te faudra. Je te promets que mon intention n'est pas de chambouler ta vie, je veux simplement essayer de me faire une petite place et qu'on reprenne tout depuis le début. Si tu le veux bien.

Quand j'ai découvert l'existence de Louis, j'étais tellement bouleversé. Je me suis même demandé s'il était de moi. Mais peu importe. De toute évidence, il n'a que toi dans sa vie alors, si c'est la condition pour que tu ne me rayes pas de la tienne, je suis prêt à l'aimer comme mon fils.

J'espère que tu me donneras l'occasion de te revoir à mon retour.

Avec toute ma plus tendre affection.
Nathan.

Chapitre 28

C'est le début des grandes vacances.

Je n'ai pas osé rappeler Nathan depuis que j'ai lu sa lettre. Il ne m'a pas contactée non plus. Je comprends mieux la distance qu'il y avait entre nous lors de nos rares derniers échanges. Je pense qu'il est important que nous ayons une discussion en face à face. Je ressens quelque chose de fort pour lui et j'essaierai de ne pas tout gâcher.

J'ai tout de même de ses nouvelles par Lucile.

Ma voisine est pipelette comme pas deux ! Elle frappe à ma porte dès qu'elle termine une conversation avec son frère. Elle me fait un rapport sur tout : le garde-meuble qu'il a loué à distance et qui accueillera bientôt tout son gros mobilier, son prochain nouveau boulot dont il parle sans cesse, excité à l'idée de venir s'installer ici, et ses parents, ravis de l'avoir auprès d'eux quelques jours et qui se languissent de la voir elle aussi, lors de ses prochaines vacances. Elle a d'ailleurs prévu d'y partir à la mi-août, elle s'est enfin autorisée un long weekend – ou plutôt sa perverse de cadre, qui prend un malin plaisir à malmener les nouvelles recrues, surtout si elles sont jeunes et jolies.

D'après Lucile, il semblerait en effet, qu'elle ne soit plus très fraîche ! La Bérangère sème la terreur dans tout le service. Lucile a demandé son transfert en néonatalité mais là encore, cette vieille chouette aigrie lui met des bâtons dans les roues. Tu m'étonnes, jamais elle ne se séparerait d'un aussi bon élément : Lucile est de super bonne composition, jamais malade, toujours à dire *Amen* à chacun de ses caprices. Dès qu'il faut remplacer une collègue de nuit, c'est toujours Lucile que l'on sollicite et elle répond présente à chaque fois. Elle est jeune et avec le temps elle apprendra à ne plus se laisser marcher sur les pieds. Julia devrait lui donner quelques conseils sur ce point.

A chacun de ses comptes-rendus, Lucile n'oublie pas de me préciser que Nathan demande systématiquement comment je vais et Louis aussi, si nous avons passé du temps ensemble toutes les deux, et si je parle de lui de temps en temps. Son attention envers nous me touche. Lucile doit sans doute trouver étrange de servir d'intermédiaire entre nous deux mais elle a la décence de ne poser aucune question.

Je repense souvent à ce que m'a dit Julia après avoir lu la lettre : il s'est ouvert à moi, il m'a fait confiance. Il aurait très bien pu se taire et faire comme si nous ne nous étions jamais rencontrés auparavant. Or, de toute évidence, faire semblant et renoncer à ses sentiments n'était pas une option. Plus j'y pense et plus je me dis qu'il a peut-être eu raison de tout m'avouer. Il n'a fait qu'évoquer des souvenirs que j'avais oubliés, des instants que j'ai vécus en réalité et que mon cerveau a choisi de mettre de côté, je ne sais pour quelle raison – les margaritas l'y auront aidé.

Par ailleurs, des brides semblent me revenir. Cette sensation étrange de déjà-vus qui m'a déstabilisée mais que j'ai préféré ignorer. Son corps nu allongé, son dos. Son dos !

Même si je n'ai aucun doute qu'il s'agit bien de l'homme à qui j'ai offert mon corps il y a quatre ans, je dois néanmoins vérifier une dernière petite chose quand l'occasion se présentera.

Chapitre 29

J'ignore ce que Nathan a déjà révélé ou non à sa sœur, ni ce qu'il décidera de faire à son retour, mais Lucile ne me parle de rien. Et je ne lui parle de rien moi non plus.

À se voir de plus en plus souvent, nous nous sommes rapprochées toutes les deux. On partage bien plus désormais que de simples banalités dans les escaliers. Je l'aime bien – même beaucoup. C'est quelqu'un d'authentique et de sincère. Je me sens proche d'elle – et pas uniquement parce qu'elle habite de l'autre côté de mon mur.

Lorsqu'elle ne travaille pas, Lucile nous accompagne à la pizzeria le jeudi soir. Au début, peut-être à cause d'un peu de jalousie mal placée, Julia ne faisait aucun effort pour qu'elle se sente à son aise. La dernière animosité en date leur a valu de se faire la tronche pendant des jours – enfin, surtout Julia qui par fierté, a refusé d'adresser la parole à Lucile. Parfois, elle devrait apprendre à se taire.

Je vais vous épargner la conversation dans sa totalité – vous perdriez votre temps – mais pour vous donner un bref aperçu de ce que Julia est capable de faire parfois, voici l'image assez étriquée qu'elle a des infirmières dans le milieu hospitalier : des nanas jamais contentes, toujours en grève et qui aiment bien se retrouver seule avec le beau médecin dans le cabinet d'auscultation.

Surement un de ses fantasmes inavoués à la *Grey's Anatomy*.

Manifestement, Lucile ne doit pas aimer le conflit et c'est tout à son honneur. Elle a préféré nous quitter sans rien dire, en plein milieu du repas. La pauvre. Je ne me suis pas gênée pour dire à Julia qu'elle avait dépassé les bornes et qu'elle devra lui demander pardon faute de quoi moi-même, je ne lui adresserai plus jamais la parole. J'ai ensuite enfilé mon manteau et me suis dirigée vers la sortie.

— Et bien entendu, c'est toi qui régales ! ai-je dit, d'un ton résolument sérieux mais avec un petit sourire quand même.

— C'est ok Ma. Je n'ai fait que dire ce que je pensais. C'est vrai quoi, elles se sentent irrésistibles dans leurs blouses blanches et elles en jouent !

— Tu as été suffisamment claire tout à l'heure devant la pauvre Lucile. N'en rajoute pas s'il te plait !

Puis, je quitte la pizzeria dans un semblant de bouderie.

— Marion, attends-moi !

Julia a effectivement payé l'addition ce soir-là. Si j'avais su, j'aurais pris un dessert, un café et un double digestif. Or, je me suis contentée de ma pizza fétiche et de mon verre de vin. Elle s'en est bien sortie.

De retour à la maison, j'ai toqué chez Lucile pour m'excuser du comportement de mon amie – et du mien aussi, pour ne pas lui avoir demandé de se taire plus tôt. Contre toute attente, elle n'en voulait à personne. Elle a reconnu que certaines de ses collègues étaient telles que Julia les a caricaturées, et qu'elle comprenait tout à fait que certaines personnes puissent avoir ce genre d'a priori. Malgré cela, elle aurait pu mal le prendre. J'admire ces personnes, capables de passer au-dessus de ce qui les atteint personnellement. Encore une preuve que c'est quelqu'un de bien.

Pendant ces quelques dernières semaines, Lucile m'a confié des anecdotes sur son frère et elle lorsqu'ils étaient jeunes.

Ils sont donc jumeaux. Il paraît que si les deux fœtus sont de sexes différents, le fait qu'ils sont faux jumeaux est établi facilement. Mais eux, se considèrent comme des vrais. Ils se ressemblent beaucoup en effet : le même regard – bien que de couleur différente – et certaines expressions se retrouvent chez l'un et l'autre par moment. Cela ne m'avait pas frappée au début lorsque j'étais convaincue qu'ils fricotaient ensemble.

Ils ont passé toute leur enfance dans la belle ville d'Étretat en Haute-Normandie. Leur maison était située à quelques centaines de mètres des plages, et enfants, ils profitaient des rues étroites bordées de boutiques typiques des bords de mer, et papotaient avec les commerçants dont ils connaissaient le prénom, et vice-versa. Ils s'amusaient à construire des structures bancales avec des galets, et celui qui parvenait à édifier le plus haut totem, remportait l'admiration de l'autre — et aussi la satisfaction de tout démolir d'un seul coup de pied. Les cailloux les plus plats étaient les plus prisés pour une meilleure stabilité. C'est souvent Lucile qui décrochait le titre. Nathan n'était pas assez patient, et sa soif de record à chaque essai, avait souvent raison de sa dextérité.

À la fin de chacune de leurs virées à se remplir les poumons de cet air iodé, ils repartaient chacun avec un cornet de glace. Ils ont dû goûter à tous les parfums qui leur été donné de tester.

Souvent le weekend, Lucile aimait s'asseoir au milieu d'un champ de jonquilles, à regarder le ciel et confectionner de jolis bouquets pour Linda, sa mère. Lorsque quelque chose la contrariait ou lorsqu'elle avait tout simplement envie d'être seule, c'est ici qu'elle venait se ressourcer. Seuls quelques papillons et autres insectes volants trop curieux, venaient rompre sa solitude. Elle se surprenait parfois à leur adresser la parole.

C'était une jeune fille solitaire, jusqu'au jour où elle a commencé ses études d'infirmière. Elle s'est peu à peu transformée — bien qu'exprimer ses sentiments soit encore difficile pour elle.

Chapitre 30

En septembre, Louis fera sa première rentrée. Si pour une raison ou une autre, je ne revoyais malheureusement pas Nathan cet été, je me console en me disant que je pourrai compter sur cette opportunité pour cela.

Le futur petit écolier n'a que ça à la bouche en ce moment. L'autre jour, il a insisté pour que je l'amène au supermarché pour acheter son cartable. Il en avait une idée bien précise. L'avantage est que je n'ai pas eu besoin de crapahuter dans tous les rayons débordant de cahiers, classeurs et autres stylos et agrafeuses, pour le trouver. Comme si à cet âge, nos bambins avaient des radars à la place des yeux qui détecteraient une souris au milieu d'un troupeau d'éléphants. Quoique, si l'on en croit la rumeur, je doute que les éléphants restent sagement groupés dans ce cas de figure. Bref, en cinq minutes chrono, nous étions ressortis. Le sac à dos sur les petites épaules de Louis, fier comme un coq, et Doudou Panpan caché à l'intérieur.

Soulagée, je réalise que je serai épargnée pour deux ou trois ans encore, des longues listes de fournitures scolaires que chaque parent s'applique à suivre à la lettre et qu'au final seule la moitié est utilisée. Est-ce que quelqu'un peut m'expliquer pourquoi ?

C'est une sacrée étape – surtout pour moi j'imagine. Mais tout se passera bien, j'en suis sûre.

En attendant, je compte bien profiter de mes deux semaines de congés avec mon fils. Pas de voyage à l'étranger, ni à la mer ou à la montagne. Au programme : des grâces matinées, des balades dans le parc, des pique-niques improvisés par terre dans l'appartement. Louis adore quand on déplace les meubles contre les murs et qu'on s'assoit sur la couverture, pour grignoter toutes les choses interdites en temps normal – y compris boire du soda.

Et, il y a aussi un évènement à ne pas manquer cet été. Les 30 ans de Julia. Je suis certaine qu'elle gardera le secret jusqu'au bout. Je la questionne pourtant, mais elle ne veut rien lâcher. Je la surprends parfois au téléphone à parler de réservation, de nombre d'invités, et quand je m'approche, elle fuit ou fait mine de changer de sujet. Alors, sauf si elle a prévu de se marier en cachette, il y a anguille !

Connaissant Julia, je m'attends aux petits plats dans les grands et pourquoi pas à un moment, au vert, hors de la grande ville parisienne.

Patience. Je n'ai plus beaucoup de temps à attendre.

Chapitre 31

Enfin. Deux semaines tout entières à profiter de Louis vingt-quatre heures sur vingt-quatre. Fini les réveils commandés et les yeux rivés sur la pendule à longueur de journée. C'est à notre tour d'imposer notre propre rythme à ce cher monsieur Temps. Je m'estime heureuse, car mon petit garçon de bientôt trois ans, n'est pas trop en décalage avec mes habitudes : deux colocataires qui s'entendent à merveille.

Alors que nous venons de désencombrer la pièce en poussant le canapé contre le mur, installer la grande couverture au sol et déposer le délicieux pique-nique préparé par nos quatre mains de maître quelques minutes plus tôt, quelqu'un frappe à la porte. Je me dirige vers l'entrée et j'abaisse la poignée tout en admirant notre joyeux bordel, et je constate avec amusement, qu'une grande partie de ma cuisine a migré en plein milieu de mon salon. Et pourtant la recette était des plus simples à réaliser. Je n'ose imaginer l'état de mon sol, si nous avions prévu de manger un bœuf bourguignon.

J'ouvre enfin la porte et découvre qui a interrompu notre déjeuner.

— Nathan ? Mais qu'est-ce que tu fais ici ? Lucile m'a dit que tu ne rentrerais que vers la fin du mois d'août.

— Salut Marion. Tu es magnifique !

Tu parles. J'ai ressorti mes tenues dédiées au farniente, déformées mais ultra confortables. En revanche, l'honneur est sauf, je ne porte pas mes chaussons.

— Tu ne portes pas tes tyrannosaures ? reprend-il avec une pointe de taquinerie.

Il lit dans mes pensées ou quoi ? Il n'y connait rien en dinosaures mais ça ne fait rien, il est tout pardonné. Sa voix m'a manquée. Il m'a manqué. Je ne me dégonfle pas et réponds la seule chose qui me vient.

— Ce sont des tricératops.

Il sourit et poursuit, tout en gardant posé sur moi ce regard si expressif qui me liquéfie à chaque fois.

—Je fais un rapide passage dans le coin, pour signer des documents à l'école et visiter un appartement à quelques stations de RER d'ici. Je voulais missionner Lucile pour le faire mais nous n'avons…

Je n'écoute absolument rien de ce qu'il me dit. Je le dévore des yeux. Une barbe naissante recouvre désormais le bas de son beau visage et lui donne un côté plus viril qui a le don de m'inspirer, un peu… beaucoup… passionnément… à la folie.

— … pas du tout les mêmes attentes en matière d'immobilier donc je… Marion ? Marion, ça va ?

Il me sort de ma rêverie.

Face à lui, je n'arrive même pas à lui en vouloir de quoi que ce soit. Et, lui en vouloir de quoi, au juste ? D'avoir été honnête ? Je suis simplement heureuse de le voir c'est tout… et j'en oublierais presque cette lettre qui m'a tant bouleversée.

— Euh oui pardonne-moi. C'est juste que… tu m'as énormément manqué.

— Toi aussi tu m'as beaucoup manquée.

— … et j'ai lu ta lettre, tu sais.

Waouh ! Tu lui balances ça comme ça, sans transition. Respect Marion.

— J'espérais que tu le fasses, en effet. Puis-je te demander ce que tu en as pensé ?

Son expression laisse percevoir une profonde inquiétude. Je ne souhaite pas que nous en parlions ici, plantés devant ma porte – ça va devenir une habitude. Et de toute façon, Louis vient de nous rejoindre. Il attrape Nathan par la main et le guide jusqu'au centre du salon. Il s'assoit par terre en l'invitant à en faire de même. Nathan cherche mon approbation du regard. Je lui souris tendrement.

— Si tu aimes les sandwichs au thon en boite et mayonnaise en tube, tu es notre invité pour midi.

C'est le meilleur pique-nique d'intérieur que j'ai jamais vécu. Et pourtant, ceux précédemment partagés avec Louis étaient déjà bien hauts dans mon estime. C'est dire ! Je les regarde tous les deux et je me surprends à leur trouver une ressemblance que je n'avais pas remarquée avant. Avant de savoir ce qu'eux ignorent encore. Je ne sais pas de quelle manière je vais leur annoncer, mais ce que je sais en revanche, est que l'idée de former tous les trois une vraie famille, me séduit tous les jours davantage.

Nathan doit repartir le surlendemain en fin de journée, et afin de nous permettre de passer un peu de temps tous les deux, Lucile nous a proposé de veiller sur Louis pour la soirée. Elle le gardera chez elle cette fois. En fin d'après-midi, Nathan s'est éclipsé, prétextant quelques courses à faire. Il m'a demandé de l'attendre, il devrait revenir d'ici une petite heure. J'en profite pour rester un petit moment avec Lucile et, à 18 h 30, c'est tout juste si elle ne me met pas dehors, trop impatiente de remettre en jeu son titre de championne de Memory.

Je m'échappe sans sourciller. Un point commun avec Julia : elle sait se montrer convaincante.

Une fois sur le palier, j'aperçois Nathan qui s'apprête à sortir de l'ascenseur. Parfaite synchronisation. Il me fait signe de le rejoindre dans la cabine dont il maintient les portes capricieuses de ses bras qui donnent envie de s'y blottir. Je m'avance, excitée à l'idée de me retrouver à nouveau seule avec lui. Les portes se referment derrière nous et je compte bien profiter de cette exquise proximité imposée par le mètre carré dans lequel nous nous trouvons, pour les quarante-cinq prochaines secondes. J'optimise le peu de temps dont je dispose en allant droit au but : je me jette littéralement sur lui. Il se laisse faire. C'était au premier qui oserait visiblement.

Je l'embrasse avec un désir que je ne parviens pas à masquer et il me le rend bien. Soudain, une saleté de *ding* nous indique que notre descente est arrivée à son terme – et notre exaltation aussi. Nous restons là sans bouger, à se regarder, à se vouloir. Puis les portes s'ouvrent. Je me recoiffe furtivement dans le reflet de la paroi métallique et Nathan rattache les premiers boutons de sa chemise.

Nous quittons la cabine.

C'est bien la première fois que je regrette que ce fichu ascenseur ne soit pas tombé en panne.

Chapitre 32

Au centre de la petite place qui donne sur l'entrée principale du parc, Nathan dépose un baiser sur ma joue et m'annonce qu'une surprise m'attend à l'intérieur.

— Tu n'as qu'à suivre les indices.

— J'adore les jeux de piste ! murmuré-je à son oreille.

Aussitôt la grande grille franchie, je découvre un magnifique bouquet de roses écarlate, enrubanné autour du petit panneau en bois indiquant la direction de l'étang. Il attend sagement celle à qui il est destiné – et je crois bien que c'est moi. J'en respire le doux parfum puis défais le nœud de satin et l'attrape délicatement. Il est sublime ! Mes pommettes doivent faire concurrence à ce rouge flamboyant et Nathan ne semble pas mécontent du petit effet que cela me fait. Je suis une éternelle romantique.

Collés l'un à l'autre, nous longeons l'allée bordée de parterres de fleurs multicolores, au milieu de laquelle se dessine un chemin de pétales tout aussi coloré. Nous le suivons. Il serpente autour du banc à la peinture craquelée, part en direction du chêne tortueux, et termine sa course aux pieds de ma couverture utilisée plus tôt à l'heure du déjeuner – elle est vraiment moche à la lumière du jour. Il va falloir songer à la remplacer pour une autre aux imprimés un peu plus joyeux !

Que des choses appétissantes y sont joliment déposées. Quand est-ce qu'il a eu le temps de faire tout ça ? Lorsqu'il s'est échappé tout à l'heure, j'imagine. Il a reçu l'aide de quelqu'un, c'est évident. Lucile ? Non, nous étions ensemble. Alors, qui a bien pu… *Bon sang Marion, on s'en fiche ! Profite de l'instant et ne tarde pas trop à lui dire ce que tu as à lui dire !* J'attends la bonne occasion, je ne vais pas lui balancer une chose pareille comme ça !

— Ta da ! J'ai voulu t'offrir un vrai pique-nique pour rattraper celui de midi sur ton lino. Bien que j'aie beaucoup apprécié le moment, tes sandwichs me sont restés sur l'estomac. Il fallait clôturer cette journée sur une note plus positive.

— Tu m'as pourtant assuré qu'ils étaient bons !

— Je ne voulais pas vexer Louis. Car, dis-moi si je me trompe, mais la recette était bien de lui ?

— Menteur et devin. J'ai tiré le gros lot !...

Je l'observe et je le trouve encore plus séduisant que la dernière fois que je l'ai vu. Il s'est donné la peine d'organiser tout ça pour moi et ça me touche. Il ne manque rien.

— … et romantique en plus de ça ! Certes, un peu cliché le champagne et les fraises mais j'avoue que tu as fait fort. Merci infiniment pour tout ça et pour ces magnifiques fleurs aussi.

— Avec plaisir Marion. Tu veux qu'on s'assoit ?

— Bien sûr. Toutes ces belles choses m'ont mise en appétit.

Nous restons tous les deux silencieux, à profiter de cette atmosphère si particulière des soirées d'été, à écouter jusqu'au crépuscule le chant reposant des oiseaux. Nathan est allongé sur le dos, les deux mains jointes en-dessous de sa tête. Je suis installée à ses côtés, un bras posé sur son torse et ma tête sur son épaule. Nous sommes bien et je n'ai pas forcément envie d'interrompre ce moment, mais il le faut.

J'arrête de réfléchir et je me lance.

— Tout à l'heure devant ma porte, tu m'as demandé ce que j'avais pensé de ta lettre. Au départ, je ne te cache pas qu'elle m'a mise en colère…

— Marion, nous ne sommes pas obligés d'en parler maintenant si c'est trop pénible pour toi.

J'ignore sa remarque et je continue tant que j'en ai la force. Je lui parle en regardant vers ce ciel encore lumineux à cette heure-ci. Je me refuse de le regarder – vous savez l'effet que ça me fait –, il est important que nous ayons cette discussion.

Je respire, je reprends.

— Je ne sais pas contre qui je ressentais cette colère. Toi, pour m'avoir caché la vérité pendant des semaines, ou moi, pour être partie comme une voleuse ce matin-là sans te donner les moyens de me retrouver.

— Encore une fois, je suis désolé de ne pas t'avoir parlé plus tôt. J'ai vraiment essayé plusieurs fois, mais ce n'était jamais le bon moment.

— Ça n'a plus aucune importance, Nathan. Que je me souvienne ou non de cette soirée dans ce bar ne changera rien à ce que je ressens pour toi aujourd'hui, et je veux croire moi aussi, que cette chance que nous n'avons pas su saisir dans le passé, nous est à nouveau offerte dans le présent.

— Ç'aura mis le temps, mais le destin a fini par te placer à nouveau sur mon chemin et j'en suis le plus heureux Marion. Je t'aime comme un fou. Plus je te découvre et plus je suis convaincu que tu es la femme de ma vie. Et j'ai envie de cette vie avec toi et Louis à mes côtés.

Il évoque Louis. C'est le bon moment, je pense.

— Nathan, j'ai quelque chose d'important à te dire mais je ne sais pas comment m'y prendre. J'ai répété cette phrase des centaines de fois sans parvenir à trouver la meilleure façon de le faire. Alors, tant pis, j'y vais de la manière la plus simple qui soit, et j'espère que tu ne m'en voudras pas.

— Voilà. Il y a quatre ans, je suis tombée enceinte de toi. Et… euh, Louis est ton fils.

Nathan ne dit rien pendant quelques secondes. Je me sens mal à l'aise. Puis :

— Comment tu peux en être aussi certaine ?

— Parce que, dans les semaines qui ont précédé ma grossesse, tu as été le seul. Julia m'a même avoué à l'époque, qu'elle pensait qu'on finirait par m'appeler Sœur Marie-Marion. Je savais dès le début que l'inconnu du bar était le père de l'enfant que je portais.

— Marion, j'espérais secrètement ce moment.

— Ah bon ? Tu me fais marcher là ? En fait, tu attends le bon moment pour t'enfuir en courant et plus jamais nous revoir ! Ou au moins le bon moment pour m'engueuler de ne pas te l'avoir dit plus tôt !

— Non, pas du tout. Et puis, je serais de mauvaise foi de faire ça alors que moi-même je t'ai caché des choses.

— Bah, je ne pensais pas que ce serait aussi facile ! Tu n'es même pas un peu surpris ?

— Tu sais, je pense que je l'ai compris dès le premier jour où je l'ai vu. Sa ressemblance avec moi et un rapide calcul mental… ça pouvait correspondre. Mais je ne voulais pas précipiter les choses, ni me faire des illusions. Alors, heureux, oui, surpris, non.

— Nathan, si tu savais comme je suis…

— C'est moi qui suis désolé que les choses ne se soient pas passées autrement entre nous à l'époque. Désolé de tout ce temps perdu.

— Ne le sois pas. C'est moi la responsable de tout ça. J'ai imaginé contacter l'hôtel pour obtenir tes coordonnées mais j'ai renoncé. J'ignorais si tu accepterais de me revoir, si tu étais marié ou si tu avais des enfants… Je ne voulais pas que tu perdes tout à cause de moi.

— Mais je n'avais rien Marion, à part la folle intention de te retrouver…

— Je le sais maintenant. Je tenais à garder cet enfant et je me suis résignée à l'élever seule et à ne plus jamais évoqué cette soirée. Et puis, il a fallu que…

— … je débarque dans vos vies.

— Oui. Et tu as mis un sacré bordel dans ma tête, tu sais ! Malgré cela, j'aimerais bien que tu y restes dans nos vies. Tu en penses quoi ?

— Je pense que je vais t'embrasser, là tout de suite, et que je vais te demander ta main.

— Qu'est-ce que tu viens de dire ?

— Je pense que je vais t'embrasser, là tout de suite, et que je vais te demander ta main.

— Oui, j'ai bien entendu ce que tu as dit, mais je voulais être certaine d'avoir bien compris.

— Tu as très bien compris Marion. Veux-tu devenir ma femme ?

Des bougies à capteur solaire – il serait dommage que tout cet endroit parte en fumée par notre faute –, ainsi qu'une guirlande enroulée autour d'une branche au-dessus de nos têtes, ajoutent une pointe de romantisme et nous donnent le sentiment d'être entourés de plusieurs dizaines de lucioles immobiles et scintillantes. Le jour commence à tomber.

J'ai encore du mal à croire ce qui vient de se passer. Nathan a peut-être raison depuis le début : nous sommes dans un conte fée, et pas si cul-cul que ça finalement. *Tu as bien fait de le lui dire. Il devait savoir. Et sa réaction plus qu'inespérée va te redonner confiance en la vie. En ta vie.* Euh, je n'ai prévu ni les mouchoirs, ni les violons, Jiminy, alors stop ! Mais… merci.

Sur le chemin du retour, je repense à un détail.

— Comment as-tu réussi à organiser tout ça en si peu de temps ?

— Quelqu'un m'a filé un petit coup de main !

Ah, j'avais raison, Jiminy. *Tu ne lâches jamais toi ?* Non, têtue comme une mule, tu devrais le savoir !

— Tu remercieras ce quelqu'un de ma part alors. C'était magique !

— Tu peux le faire toi-même si tu veux ! dit-il en désignant un banc un peu plus loin.

— Quoi ?

Je ne vois personne, hormis le clodo de la rue d'en face qui nous regarde avec insistance. Il me fait un signe de la main. Hein ? Il doit y avoir une erreur.

— Euh… Nathan ? Ne me dis pas que…

— Je lui ai promis un peu d'argent et de quoi manger s'il surveillait ce que je venais d'installer. Et c'est lui qui a accroché la guirlande. Mon retour en charmante compagnie marquerait le signal pour déguerpir. Ce qu'il a fait. Et Léon, l'épicier d'en bas, était aussi dans la confidence.

Je ne sais pas quoi penser. Bien que l'imaginer me caresser le visage l'autre jour m'ait soulevé l'estomac, je dois reconnaître que cet homme est loyal. J'espère en revanche que, mise à part la guirlande, il n'aura touché à rien.

Par pure politesse, je lui renvoie son geste et j'irai aussi remercier l'épicier demain. Il s'appelle donc Léon. Enchantée.

Arrivés devant l'entrée de l'immeuble, nous levons la tête pour admirer la façade qui commence à s'éclairer petit à petit, à cause de la luminosité extérieure qui faiblit. Je distingue mon balcon d'ici. On imagine alors nos voisins qui sortent de table ou s'installent devant la télévision. Puis, sans crier gare, Nathan se permet une remarque que je ne mettrai pas longtemps à comprendre.

— Il va falloir penser à installer un pare-vue sur ton balcon. On ne sait jamais qui peut t'observer d'en bas.

Le goujat ! Il arbore un sourire en coin. Je sais qu'il me taquine mais je me sens un peu ridicule sur le coup. Faute de trouver mieux, je me contente de répondre :

— Je vais y réfléchir.

Chapitre 33

Les présentations avec Julia se sont faites autour d'un repas à la maison le lendemain, avant que Nathan ne reparte – pour mieux revenir et surtout pour mieux rester.

Après une tentative infructueuse de loger à cinq dans ma kitchenette, la soirée a eu lieu chez Lucile, pour nous permettre de nous mouvoir sans être obligés de se marcher sur les pieds. L'avantage est que nous n'avions pas loin à aller. Le comptoir de ma cuisine ne pouvant accueillir que trois personnes au maximum, nous aurions été obligés de tirer au sort pour savoir lequel de nous se serait assis sur les toilettes.

Pendant tout le repas, Julia, irrécupérable lorsqu'il s'agit de relation avec le sexe opposé, a gloussé comme une dinde en chaleur, à chaque fois que Nathan ouvrait la bouche. Elle n'a cessé de lui

poser des questions sur son travail, ses collègues –
on ne sait jamais, au cas où il y aurait un beau
célibataire parmi eux –, et faire des allusions à
toutes les choses croustillantes que je lui ai
racontées. Je lui avais pourtant demandé de garder
ça pour elle, mais je devrais savoir depuis le temps,
que c'est au-dessus de ses forces. Elle pensait se
rendre intéressante, c'est loupé ! La seule chose
qu'elle aura récoltée, ce sont des coups de coude
(le mien) dans les côtes (les siennes). *Elle ne sait pas
se tenir c'est désolant* ! Tu l'as dit Jiminy !

Nathan a bien remarqué que les sous-entendus
de Julia me mettaient mal à l'aise. Il a tenté à
plusieurs reprises de changer de sujet mais, tel un
chat, elle parvenait toujours à retomber sur ses
pattes. J'ai fini par laisser tomber. De toute façon,
Nathan n'ignore pas que je lui raconte tout.

Entre mon amie et Lucile, les relations se sont
radoucies, j'en suis la première heureuse. Et cerise
sur le gâteau, j'ai même surpris Julia et Nathan en
grande discussion alors que nous revenions à table
avec Lucile, occupées quelques minutes plus tôt en
cuisine.

La soirée s'est idéalement passée. Nous avons ri,
nous avons parlé de choses et d'autres. L'ambiance

était détendue et tout le monde semble s'être parfaitement entendu. Nathan et moi n'avons pas souhaité évoquer notre discussion de la veille. J'imagine que nous attendons le bon moment.

De retour à la maison, je m'empresse de savoir comment il a vécu cette soirée.

— Ça va, tu n'es pas traumatisé ?

— Pas du tout. Mais…

— Quoi ?

— … Julia est quand même particulière.

— Qu'est-ce que tu veux dire ?

— C'est difficile à expliquer. On perd toute notion de répartie face à elle. Impossible de lutter. Tu vois ce que je veux dire ?

— Oh oui ! Elle a le même effet sur moi. Quand Julia dit, tu fais et surtout tu te tais ! Ne t'inquiète pas, tu t'habitueras.

— Si tu le dis ! Je peux te poser une question ?

— Bien-sûr.

— C'est elle qui t'accompagnait ce soir-là ?

— Oui. Quelle impressionnante mémoire mon chéri, dis-je avec un soupçon de taquinerie.

— C'est le genre de personne qui ne passe pas inaperçu et dont on se rappelle. Comme toi d'ailleurs, mais pas pour les mêmes raisons.

— Et pour quelles raisons au juste avez-vous été attiré par moi, Monsieur Joubert ?

— Il y a parfois des choses qui se ressentent, plus qu'elles ne s'expliquent.

— Mouais. Tu bottes en touche là ! Bref, pour en revenir à Julia, je l'aime vraiment beaucoup, c'est comme une sœur pour moi. Elle est bizarre, je te l'accorde, mais tu verras elle mérite d'être connue.

— Je n'en doute pas une seule seconde.

— Tu ironises ou je me fais des idées ?

Il reste muet. Je n'insiste pas, je suis exténuée et je prépare le canapé.

Louis est endormi. Il est confortablement blotti dans les bras de Nathan depuis que nous avons quittés l'appartement voisin. Nathan se dirige vers la chambre. Je le laisse faire. Seul.

Au bout d'un moment, ne le voyant pas ressortir, je m'autorise à le rejoindre.

Assis au bord du lit, une main posée sur la petite tête qui dépasse de la couverture, Nathan reste là, sans bouger. Puis, percevant certainement ma présence derrière lui, il se retourne avec un léger sursaut.

— Je ne voulais pas te faire peur, excuse-moi.

Sans rien dire, Nathan se dirige vers moi et me prend dans ses bras.

— Merci de me l'avoir dit, Marion.

Un peu plus tard, alors que nous sommes allongés tous les deux, prêts à nous endormir, je fais part à Nathan d'une chose qui me préoccupe.

— Tout à l'heure on aurait peut-être dû évoquer avec Julia et Lucile, notre discussion d'hier au moins au sujet du mariage. Ça m'embête de leur cacher et puis je...

— Non ! Surtout pas !

Sa réponse a le mérite d'être claire. Je capitule aussitôt.

Je me demande bien ce qui a pu se passer pour que Nathan se montre aussi radical. Julia a certainement fait des siennes lorsqu'ils se sont retrouvés seuls à table.

En plein dans le mille !

Elle m'a avoué quelques jours plus tard, qu'elle l'avait menacé avec le couteau à beurre pour qu'il me demande en mariage avant la fin de l'année, sinon elle lui réglerait son compte ! *Avec un couteau à beurre, carrément ! Elle est sérieuse ?* Euh, elle est surtout cinglée !

Apparemment, mon pauvre Nathan n'a pas moufté et, par fierté j'imagine, il lui a demandé de garder ça pour elle. Julia n'a pas su tenir sa langue, comme d'habitude.

Lui, en revanche, s'est bien gardé de m'en parler. C'est bien fait pour lui !

Chapitre 34

J'ai du mal à dormir cette nuit. Un cauchemar. Nathan et Louis n'ont jamais existé. Je suis seule. Seule au milieu d'une pièce sombre et sans aucune ouverture. Des ombres menaçantes me tournent autour. Elles ondulent sur les murs, le plafond, le sol. Elles s'agitent, provocantes et affamées. Elles essaient de m'emporter comme pour m'arracher à cette réalité que je ne mérite peut-être pas. Je me débats mais elles sont déterminées. Je n'ai aucune chance de leur échapper. Elles vont m'emmener.

Puis, j'ouvre les yeux, en nage. Suis-je encore dans ce mauvais rêve ?

J'observe la pièce. Mon salon. Nathan est là aussi, endormi à côté de moi. Je le touche, je le sens. Tout semble bien réel. Je me lève et vérifie dans la chambre. Louis est dans son lit.

Je suis bien réveillée.

Je regarde l'heure. 04 h 17.

Je suis dans la salle de bain. Je passe un peu d'eau fraîche sur mon visage et j'admire mon reflet dans le miroir au-dessus du lavabo. Je murmure quelques mots : « Tu dois y croire Marion. Tu dois y croire ».

Longtemps je me suis persuadée que ma vie n'était qu'une succession de malheurs et d'échecs, mais aujourd'hui, je veux croire que j'ai droit à ce bonheur.

Je me rallonge sans un bruit.

Nathan n'a pas bougé. Il est couché sur le ventre, les deux bras repliés sous l'oreiller (sa position préférée). Je fais glisser légèrement le drap jusqu'à apercevoir le creux de ses reins et je caresse du bout de mes doigts, le petit croissant de lune qui m'est revenu en mémoire il y a quelques jours.

Je me sens bien. Apaisée. Je m'endors. Les ombres ont disparu.

Chapitre 35

Nous nous sommes donné rendez-vous devant la porte d'embarquement numéro 17 et j'entame à l'instant une deuxième boite d'antidiarrhéiques.

Je me doutais que Julia prévoirait quelque-chose hors du commun pour son anniversaire. À cette occasion, elle a loué pour tout un weekend, une villa en bord de mer avec piscine et jacuzzi, à huit cents kilomètres de Paris. Nous profiterons d'une virée à bord d'un yacht luxueux, disposant de son propre skipper. Elle a même pensé à recruter une nounou sur place, pour s'occuper de Louis et Théo, eux aussi du voyage. Je n'étais pas partie aussi loin dans mes suppositions – ni aussi loin tout court, d'ailleurs – et j'avoue qu'elle a fait fort sur ce coup. Tout semble parfait.

Seul hic. Je n'ai jamais pris l'avion de ma vie.

Avec Louis, nous descendons du taxi, récupérons nos bagages – pour chacun : un simple sac cabine aux dimensions imposées – et entrons dans l'aéroport.

Je suis immédiatement impressionnée par tout ce chahut causé par des voyageurs excités de partir en voyage, et par ces immenses tableaux aux informations incompréhensibles, qu'il me faudra pourtant parvenir à déchiffrer, si je ne veux pas me retrouver égarée à l'autre bout de la planète.

Le nez collé sur les grandes baies vitrées, Louis observe les géants d'acier sur le tarmac. Il reste immobile, ébahi. Quant à moi, à l'approche de l'embarquement, j'ai à nouveau le ventre qui se prend pour un réacteur d'avion – pour rester dans le thème. Et ce n'est pas la faim, pour une fois. Pourvu que ça ne me prenne pas en plein vol.

Après je ne sais combien de va-et-vient dans les grands halls et autres longs couloirs remplis d'agitation, je distingue enfin la porte numéro 17.

— Ma ! Je suis là ! Tu ne t'es pas perdue !

Je suis rassurée de la voir. Comme si elle pouvait faire quelque-chose pour calmer mon mal-être. Pour celui-là, malheureusement, il n'y a rien à faire. Sauf, peut-être, m'assommer et me balancer dans la soute à bagages… Non, mauvaise idée. Je mourrais de froid.

— J'ai bien failli, j'ai demandé dix fois mon chemin. Mais on est là ! Ju, j'ai le trouillomètre à zéro, je me sens pas bien.

— Tout va bien se passer, ok ? Tu sais, en proportion, il y a plus…

— … d'accidents de voiture que d'avion ! Oui je sais, tu es en boucle depuis hier !

— Alors, change de disque toi aussi, Ma. Allez go ! Tu viens mon loulou ? dit-elle en tendant une main à Louis qui, contrairement à sa pétocharde de mère, semble hyper détendu.

Il la suit, tout sourire, et tourne la tête de temps en temps pour vérifier que j'en fasse autant. J'avoue que l'envie de faire demi-tour m'a traversé l'esprit mais je dois me faire violence. On va passer un weekend de rêve sur la Côte d'Azur, alors c'est pas un tout petit trajet en avion qui va me gâcher la fête !

J'embarque sans m'en rendre compte et m'installe à la place que me désigne l'hôtesse – ce n'est pas un mythe, elle est canon.

— Je comprends mieux pourquoi je travaille derrière un ordinateur !

— Quoi ? Ma, qu'est-ce que tu racontes ? Tu as déjà descendu toutes les mignonettes du charriot à boissons ou quoi ?

— Laisse tomber ! On arrive dans combien de temps ?

— À peine une heure de vol. Aussitôt en l'air, il commencera déjà à redescendre. Tu ne verras rien passer, je t'assure.

— Si tu le dis. Je vais quand même aux toilettes.

— Non Ma ! On doit rester as…

Julia n'a pas le temps de me retenir. Je me lève et je suis aussitôt rappelée à l'ordre par une voix masculine qui m'indique que le décollage est imminent et qu'il est impératif que je regagne mon siège. J'opère aussitôt un volteface et me retrouve nez à nez avec mon interlocuteur. Je me dis alors, que les stéréotypes concernant les agents de bord, sont aussi vrais pour les stewards. C'est d'ailleurs étonnant que Julia et ses détecteurs infaillibles, ne l'aient pas encore remarqué celui-là !

Pas le choix, je me rassois et le voyage se passe. Il se passe surtout de commentaire.

Notre commandant de bord annonce dans son micro que nous entamons notre descente. Youpi !

L'avion se pose une vingtaine de minutes plus tard. Crispée et les paupières toujours closes, je n'ose les rouvrir de peur qu'on ne reparte pour un tour. Qui sait, notre pilote s'est peut-être trompé d'itinéraire et s'est posé au mauvais endroit !

Un coup sur l'épaule me fait sursauter.

— Aïe ! T'es folle, tu m'as fait mal !

Julia vient de m'en coller une pour me faire réagir – j'ai à présent les deux yeux grand ouverts. Tous les passagers s'agitent, récupèrent leur bagages à main et quittent l'appareil. L'avion est bel et bien posé. Nous débarquons et mon supplice est enfin terminé.

Nous passons donc le weekend en compagnie des nouveaux collègues de Julia, de Valérie, Bruno et Théo, du skipper, et de la nounou des enfants, qui porte un prénom bizarre – le nom d'une fleur comme colchique, je crois. Colchique semble tout droit sortie d'un dessin animé, avec ses grosses lunettes rondes et son chignon qui rappelle un gros donut posé sur le haut de son crâne. Elle est en revanche extrêmement gentille et je suis certaine qu'elle est très compétente aussi. L'habit ne fait pas le moine, comme on dit.

Me voilà rassurée. La fête peut commencer.

Il y a un peu moins d'un mois, Julia s'est enfin décidée à quitter Alex et a vendu ses parts à un pauvre gars qui ne sait pas dans quel traquenard il a mis les pieds. Quoique, vu qu'il n'affiche aucune paire de fesses ni de seins, il a peut-être une chance de s'en sortir sans trop de dégâts. Mais Julia n'en a fichtrement rien à faire !

Son nouveau cabinet est idéalement placé. Fini les transports bondés – qu'elle avait pourtant l'air d'apprécier –, elle s'y rend à pied désormais. Le cabinet ne compte pas moins de plusieurs centaines d'affaires remportées en seulement quelques années d'existence. Sandrine et Miguel cherchaient un troisième associé. Julia a sauté sur l'occasion et manifestement elle leur aura fait bonne impression.

La villa est splendide et offre une vue imprenable sur la Méditerranée. C'est magnifique ! Nous avons à peine le temps de décharger nos affaires, que le skipper nous réunit devant l'embarcadère. Un mastodonte flottant y est amarré. Il est splendide. Essayez d'imaginer le plus beau que vous n'ayez jamais vu de votre vie, et vous serez encore loin du compte ! Nous montons à bord. Son intérieur me laisse encore plus stupéfaite. De l'extérieur, on n'imagine pas du tout qu'il y a autant d'espace dedans. Tout est beau. Uniquement des matériaux nobles : du bois, du marbre, du granit, du lin et j'en passe. On est loin de mon linoléum et mes placards en mélaminé !

Je découvre une décoration qui allie design, confort et fonctionnalité. On n'ose toucher à rien. En même temps, j'ai tenté à plusieurs reprises de caresser les plans de travail de la cuisine ou encore les coussins du grand canapé d'angle, mais ce cher skipper m'assassinait du regard à chaque fois. Résultat : je ne touche plus à rien et je vais de ce pas prévenir Colchique de surveiller d'un peu plus près les garçons. Je ne voudrais pas qu'un double-meurtre soit commis aujourd'hui.

Le soleil est au rendez-vous et la mer est calme. Heureusement qu'aucune houle n'est annoncée, car je ne suis pas encore tout à fait remise de mon baptême de l'air. Certains se baignent, d'autres bronzent. Moi, je me suis installée sur le pont supérieur avec le bouquin que j'ai commencé il y a des mois et que je n'ai toujours pas eu le temps de terminer.

Alors que je suis totalement absorbée par ma lecture, Miguel, qui a sûrement abusé de la sangria en plein soleil, n'a rien trouvé de mieux que de proposer un jeu qui, contrairement aux autres, ne m'amuse pas du tout.

Valérie, Bruno, Sandrine et Miguel, réalisent des sauts et plongeons tout aussi remarquables les uns que les autres. Je suis la dernière à passer. Je comptais sur Julia pour me sauver la mise, mais elle est introuvable. Et Capitaine Haddock aussi ! Même si cela ne me réjouit pas, il faut que je me lance. Hors de question que je passe pour la rabat-joie de service. *C'est exactement ce que j'allais dire. Tout le monde l'a fait alors fais un effort ! Tu ne sautes pas du haut d'une falaise non plus, il n'y a que trois petits mètres, peut-être quatre, tout au plus.* J'aimerais bien t'y voir toi !

Agacée, j'hurle du haut du pont.

— Miguel ! La prochaine fois que tu as une idée pourrie, je t'étrangle avant même que tu aies eu le temps de nous la pondre, c'est clair ?

— C'est bon Marion, vas-y, tu verras c'est amusant !

Je ne veux pas y aller mais tout le monde me regarde d'en bas et m'encourage joyeusement.

Je n'ai plus le choix. Je saute.

Un cri pointu, rappelant celui d'une baleine à bosse, a effrayé les mouettes qui s'étaient rapprochées de l'embarcation, curieuses d'assister au spectacle. « Ils sont fous ces humains », devaient-elles penser. Je suis à présent dans l'eau et mon haut de maillot s'est autorisé à se faire la malle au moment de l'impact. Dernière vision avant le noir complet : une baleine à deux bosses qui flotte sur le dos.

Je reste un long moment dans le noir à me sentir bercée par les flots. J'ai envie de vomir. Je me sens vraiment secouée là ! À moins que ce ne soit...

— Marion ! Marion ! Tu m'entends ?

La voix de Julia, de l'agitation autour d'elle, des mouettes – y aurait-il un autre spectacle à admirer ? Exact. Et devinez qui en est le personnage principal ?

Je sens ma cage thoracique qui s'enfonce d'un coup sec puis remonte. J'essaie de parler mais quelque chose m'obstrue les voies respiratoires. J'arrive à ouvrir un peu les yeux et je constate avec surprise, que le skipper est en train de me faire du bouche-à-bouche. Il a certainement dû s'endormir pendant sa formation de premiers secours, car il ne semble pas au courant qu'on ne fait pas ça à quelqu'un qui respire encore... À moins que je n'aie réellement été morte pendant quelques minutes. Le cas échéant, je ne le remercierai jamais assez de m'avoir défoncé les côtes. Je le repousse et bascule sur le côté pour recracher l'eau qui s'est invitée sans permission dans mes poumons.

— Tout le monde recule s'il vous plaît ! Ma, c'est toi ?

Euh oui ! À part si je me suis transformée en créature palmée, c'est bien moi. Combien de temps je suis restée inconsciente ? Qu'est-ce qui s'est passé ? Encore sonnée, je ne peux pas parler, mais je reprends mes esprits doucement et arrive à me redresser. Julia s'approche de moi.

— Quand tu as sauté, à peine quelques secondes après être remontée à la surface, tu t'es évanouie. Tu ne bougeais plus. J'ai eu tellement peur. Ne t'avise plus jamais de me faire un coup pareil !

Soudain tout me revient en mémoire : mon saut dans une position improbable, mon maillot qui a fichu le camp, la baleine à deux bosses. Merde ! Je n'étais pas en train de rêver !

Tout est vraiment arrivé.

Skipper, arrête tout ! Je veux mourir pour de bon.

Sincèrement, je me demande s'il n'aurait pas mieux valu me laisser flotter et dériver loin… très loin. Mais le souvenir de Louis et Nathan me percute l'esprit et je me dis que finalement, ils ont peut-être eu raison de me sortir de ce sale pétrin.

— On t'a ramenée à bord. On était tous très inquiets. Puis, Damien a commencé à te réanimer. Il a été extraordinaire ! Sans lui, je ne sais pas ce qui se serait passé.

C'est qui ce Damien ? Le skipper ? Et pourquoi elle en parle avec autant de minauderie dans la voix ? Est-ce uniquement par gratitude envers lui d'avoir sauvé sa meilleure amie d'une noyade certaine ? *Permets-moi d'en douter.* Salut Jiminy. Tu penses à ce que je pense ? *J'en ai bien peur en effet.*

Oh non Julia ! Ne me dis pas que tu t'envoies en l'air avec le skipper ? Ceci expliquerait pourquoi ils étaient introuvables tout à l'heure, pendant que j'étais en train de crever.

Au bout d'une interminable demi-heure, je reprends enfin des forces.

Les invités s'affairent à préparer de quoi oublier tout ce qui vient de se passer – c'est mieux pour tout le monde et surtout pour moi –, j'en profite pour traîner mon amie par le bras jusque dans la cabine.

J'ai suffisamment attendu pour avoir quelques explications.

Chapitre 36

—Julia, tu n'aurais pas quelque-chose à me dire ?

— À quel sujet ?

— À ton avis ? Au sujet de ce Damien, tiens !

— Ah oui ! Bah quoi ? Y'a pas grand-chose à dire…

— Hmm, vraiment ?

— Bon ok. Tu l'auras voulu.

Je crains le pire. *Moi aussi.*

— Tu sais, on ne le soupçonnerait pas à première vue, mais les toilettes d'un yacht sont très spacieuses et plutôt pratiques avec tout à portée de main et …

— Ne me dis pas que...

Oh punaise, elle arbore ce sourire niais qui n'augure rien de bon.

— Ce n'est pas possible Ju ! Tu ne peux pas t'empêcher de sauter sur tout ce qui bouge !

Elle sourit encore bêtement. C'est idiot mais à chaque fois, elle m'attendrit tant on dirait une petite fille (mais bien dévergondée quand même).

Je poursuis, sur un ton moins accusateur.

— Bon, et c'était comment ?

Elle répond dans la dixième de seconde, comme si elle s'attendait à ce que je lui pose la question.

— Génialissime ! C'était différent. J'ai ressenti quelque chose de plus profond, de moins animal, que toutes les nombreuses précédentes fois. Je crois qu'il me plaît et j'ai envie de croire que je lui plais aussi. Je pense à lui chaque seconde et j'ai enfin les abeilles dont tu me parlais.

— Les papillons Julia, les papillons. Je ne suis pas certaine que d'avoir des abeilles dans le ventre fassent le même effet.

Elle peut se vanter d'avoir fait de longues études, elle n'est pas très futée par moment ! Est-ce un amour naissant qui lui bousillerait les neurones ?

— Oui, bon si tu veux. Quel que soit la bestiole, ça prouve bien quelque-chose, non ?

— Oui, en effet.

— C'est à cause de toi et ta relation idyllique avec ton beau gosse directeur d'école, ça déteint !

— Eh bien, si j'ai pu te servir d'exemple à ce niveau-là, c'est tant mieux ! Consciemment ou inconsciemment d'ailleurs.

— Qu'est-ce que je dois faire Ma, selon toi ?

Pincez-moi, je rêve où c'est elle qui est en train de me demander un conseil là ?

— Bah, dis-lui ce que tu ressens et tu verras bien.

— J'ai peur de me prendre une pelle.

— Un râteau Julia ! Tu fais exprès ou tu es vraiment devenue débile ?

Sérieusement elle me fait peur là. Moi aussi.

— Oui, je sais, je m'en rends compte, c'est une catastrophe ! Il me fait perdre tous mes moyens. Tout à l'heure, il a dû me prendre pour une tarte, je ne savais plus me servir du tire-bouchon !

— Tu n'as jamais trop su t'en servir de toute façon.

— Mais si, celui que tu m'as offert avec lequel on n'a quasiment rien à faire, le bouchon remonte tout seul. Je l'avais emporté au cas où ! Et en plus…

— Bon bref, calme toi ! T'en as vu d'autres. Certes, il n'y avait aucun sentiment mais quand même. Ressaisis-toi et va lui parler.

— Tu es sûre que c'est la meilleure solution ?

— Parce que tu en vois une autre ? Tu peux toujours l'ignorer, mais vu dans quel état ça te met, il vaut mieux que tu saches ce qu'il en est… et maintenant. Je ne vais pas supporter ton cerveau en bouillie encore très longtemps.

— Tu as raison, j'y vais. Il est où ?

Mon amie se redresse d'un bond. Droite comme un i, elle fait de petits mouvements de la tête, brefs et saccadés, comme un suricate sorti de son terrier à l'affût d'un casse-croûte à dévorer.

— Détend-toi Ju. Il est certainement au poste de pilotage.

— Ah oui ! C'est par où déjà ? dit-elle en partant du mauvais côté.

— Attends Ju ! Promets-moi que s'il ressent la même chose, tu essaieras de le garder celui-là. Il a l'air d'un chic type, alors évite les dégâts… Et en plus, il fait le bouche-à-bouche comme un dieu.

— Sale garce !

— Moi aussi je t'aime. Et le poste de pilotage se trouve à l'avant, par-là !

Julia passe devant moi en levant les yeux au ciel comme pour confirmer que tout ne tourne pas rond dans sa caboche actuellement.

De retour sur la terre ferme, en fin de journée, alors que nous sommes tous attablés autour du festin qu'elle a organisé à distance, Julia reçoit un appel. Elle décroche et son expression change aussitôt. Elle quitte la table et s'isole dans une cabine.

Elle nous rejoint, à peine quelques minutes plus tard, et je vois bien qu'elle semble très secouée. Je m'enquiers aussitôt de savoir ce qui se passe.

— Ju, tout va bien ?

— Oui. Juste une affaire en cours au boulot qui m'inquiète un peu. C'est ok, Ma !

Je n'en crois pas un seul mot mais je respecte sa volonté qui, de toute évidence, est de ne pas m'en dire davantage.

La suite des festivités s'est déroulée sans encombre, si on oublie le karaoké. Miguel a trouvé ça marrant d'imiter le cri du dauphin – c'est déjà plus sympa que la baleine – en plein milieu du refrain ultra populaire du « Ohé capitaine abandonné ». La honte !

Ce soir, les grands rient et discutent à l'intérieur et les petits sont déjà couchés. Julia et moi, sommes sur le pont supérieur allongées sur des transats. Nous partageons la même couverture – les nuits sont un peu fraîches sur l'eau – et nous profitons d'un beau coucher de soleil en nous rappelant la soirée. Je m'en amuse après coup.

— Quel salopard ce Miguel quand j'y pense !

— C'est Sandrine qui a insisté pour que je l'invite, elle le trouve craquant. Mais tu sais, au fond, il n'est pas méchant. Juste un peu lourdingue quand il s'hydrate avec autre chose que de l'eau.

— Mouais, j'ai quand même eu envie de lui faire bouffer son micro tout à l'heure !

Comme seule réaction, Julia se contente de me regarder et prend cet air grave que je déteste. Elle me regarde comme si c'était la dernière fois qu'elle me voyait.

— Ma, j'ai eu très peur tu sais. J'ai vraiment cru que tu étais…

— N'en parlons plus, tu veux. Merci pour ce beau weekend et encore un joyeux anniversaire ma vieille… Et au fait, lors de sa dernière visite express, j'ai révélé à Nathan ce qu'il devait savoir…

Chapitre 37

Ce weekend restera sûrement gravé dans nos mémoires à tous pour un sacré bout de temps. Pour ma part, il m'arrive encore d'en rêver la nuit. Je me vois, flottant sur des eaux turquoise, lunettes de soleil sur le nez et nibards à l'air, entourée de ma mère et de mes grands-parents – c'est un peu étrange, je vous l'accorde, mais attendez la suite. Soudain, les eaux deviennent plus sombres, elles se déchaînent et font chavirer mon embarcation de fortune (je crois que c'était une de ces bouées pour gosses en forme de poisson). Je suis en train de me noyer et toute une famille de cétacés s'apprête à me bouffer !

Je me réveille systématiquement en sueur, entre hilarité et effroi. Je voudrais que certaines scènes n'aient jamais existé et, en même temps, je me dis qu'elles auront contribué à rendre ce weekend mémorable.

Au fait, j'ai fait mes plus plates excuses à Colchique que je n'ai cessé d'appeler ainsi tout le weekend, alors que son prénom est Clotilde. Je devais être encore dans les vapes à cause des médocs dont je me suis gavée dans l'avion, et l'accident n'a rien arrangé. Elle m'a confié avoir trouvé ça drôle et n'a pas osé me reprendre.

Le vol retour se passe relativement bien. J'ai moins d'appréhension.

Assise à côté de Julia, je tente d'aborder une nouvelle fois le sujet qui me préoccupe depuis l'autre soir.

— Ju, c'était qui au téléphone ? Je vois bien que tu n'es pas dans ton assiette depuis cet appel.

— Tout va bien Ma. Un collègue pour le boulot. Je te l'ai dit. Une affaire importante qui me prend la tête.

— Hmm ! Vous n'êtes que trois dans l'office et tout le monde est dans cet avion. Ne me prend pas pour une imbécile !

— …

— Julia ! Parle-moi s'il te plait. Qu'est-ce qui se passe ?

Elle continue de regarder dans le vide à travers le hublot. Puis, elle me répond enfin.

— Il s'agit de mes parents. Mais je n'ai pas envie d'en parler maintenant Ma. Je te raconterai, c'est promis, mais pas maintenant. N'insiste pas s'il te plait.

— D'accord. Quand tu seras prête, je serai là.

Puis, elle essuie la larme qui coule sur sa joue et, comme pour marquer d'un point final cette conversation, elle change radicalement de sujet.

— Et sinon, qu'est-ce qu'il t'a dit ?

— Hein ? Qui m'a dit quoi ?

— Bah ! Comment Nathan a pris la nouvelle ? Tu es restée muette hier soir quand j'ai voulu en savoir davantage. Allez, dis-moi ! S'il te plaît, s'il te plaît, s'il te…

— Oui bon ok ! Bah, j'ai encore du mal à y croire pour être tout à fait franche. Il a tout simplement dit qu'il espérait que je le lui annonce. C'est dingue ! Tout est trop beau Ju, non ? J'ai peur de me réveiller un beau matin et que rien de tout ça n'ait jamais existé. Je fais des cauchemars inquiétants et… Aïe !! Tu m'as pincée hyper fort !

— C'était pour que tu en sois sûre !

— Oui, bah la prochaine fois évite d'emporter un bout chair avec !

Nous entamons notre descente.

J'attrape (je broie) la main de Julia. Je ne lui ai lâchée que lorsque le train d'atterrissage a touché le sol – il y a eu quelques rebonds peu rassurants et j'ai paniqué. Lorsque l'appareil s'est immobilisé et que les traditionnels applaudissements se sont fait entendre, j'ai respiré à nouveau et j'ai libéré les doigts tout blanchis de mon amie.

C'était donc mon premier voyage dans les airs et je peux désormais affirmer que je déteste toujours autant l'avion !

Bien que très inquiète pour Julia, je trépigne d'impatience à l'idée de retrouver Nathan en fin de semaine. Un contrat à durée indéterminée. J'aime cette sensation de liberté, d'illimité, d'infini.

Ses nouvelles fonctions n'attendent que lui. Et moi aussi.

Chapitre 38

Un jour plus tôt

Julia

Je regarde l'écran de mon portable. Numéro inconnu. Je décroche.

— Allô ?

— Julia ?

— Oui. Qui est-ce ?

— C'est maman, ma chérie.

Le plancher du yacht est en train de se dérober sous mes pieds. Je quitte la table et m'isole dans une des nombreuses cabines.

— Papa est à côté de moi, il t'entend. On voulait prendre de tes nouvelles et te souhaiter un joyeux anniversaire. Nous n'avons pas oublié cette année. Comment vas-tu ?

— …

— Julia ? Tu es toujours là ?

— Je suis là !

— Ma chérie, je n'ai pas beaucoup de temps mais nous voulions te dire que nous rentrons en France et que nous…

— Quand ça ?

— … nous serons à la maison demain dans la matinée. Elle est inoccupée depuis plusieurs mois. Le temps que nous organisions notre retour, l'agence n'a pas renouvelé de bail après le départ du dernier locataire.

— Et ce n'est que maintenant que vous vous décidez à m'en parler ?

— Je comprends que tu sois en colère Julia, mais nous ne savions pas comment nous y prendre. Sache que nous sommes tellement désolés de ce trop long silence et que ça nous ferait plaisir de te voir, si tu le veux bien.

— Je ne suis pas sur Paris ce weekend. Je fête mon anniversaire avec des amis dans le Sud-Est.

— D'accord. Alors, quand tu voudras ma chérie. Tu sais où nous trouver. Je dois raccrocher, nous devons embarquer. On t'embrasse.

J'ai déjà raccroché.

Mon attitude glaciale et immature envers ma mère ne me ressemble pas du tout. Pourtant, instinctivement, je n'ai pas trouvé de meilleure façon de réagir. À cet instant, ils sont certainement abattus tous les deux. Mais à débarquer comme ça, après deux longues années de silence, ils s'attendaient à quoi ?

Je m'accorde un moment pour me remettre.

Je respire profondément puis je quitte la cabine pour rejoindre mes amis qui m'attendent autour de la table. Ils semblent tous heureux. Je me mêle à la conversation en essayant de paraître le plus naturel possible. J'évite à tout prix de croiser le regard de Marion. Elle n'est pas dupe et a sans doute déjà perçu que quelque-chose ne va pas. Elle est capable de lire en moi comme dans un livre ouvert. Je sais qu'elle va me questionner mais je n'ai pas envie d'en parler pour le moment. Le cas échéant, j'évoquerai une affaire compliquée au boulot – elle n'y croira certainement pas mais je m'en fiche. De toute façon, je lui fais confiance, elle reviendra à la charge avant la fin du weekend. J'en parlerai peut-être plus facilement à ce moment-là.

Terminons ce séjour comme si rien ne s'était passé.

Mes parents ont toujours été des personnes altruistes. Ils se sont rencontrés sur les bancs de la faculté de médecine et avaient déjà une idée bien précise de ce qu'ils souhaitaient faire de leur vie une fois diplômés. Pendant leurs études, ma mère est tombée enceinte et cette grossesse imprévue aura quelque peu retardé leurs ambitions. Mais ils se sont promis que ce n'était que partie remise.

Ils avaient à présent une tout autre priorité. Moi. Ils m'ont élevée du mieux possible et se sont assurés que je ne manque de rien — peut-être un peu trop. Ils ont mis de côté pour un temps, leur vœu de s'engager dans l'humanitaire. Tous deux médecins généralistes et propriétaires de leur cabinet dans un quartier notoire de la capitale depuis de nombreuses années, ils n'ont jamais perdu de vue leur objectif. Ce n'est que dix-sept ans plus tard qu'ils ont fait le choix de partir vivre à l'étranger, pour suivre une ONG dans sa mission. Je venais de terminer le lycée et, bien que triste de quitter mes amis — surtout Marion — j'y voyais au départ l'opportunité de profiter de longues vacances à l'autre bout du monde et narguer davantage mes camarades de classe — ceux que j'appréciais le moins. J'étais un peu peste à l'époque.

Je me suis vite rendu compte que je me trompais. J'ai voulu rentrer, retrouver ma vie et reprendre mes études. Je comprenais et respectais l'engagement sincère de mes parents mais ce n'était pas *mon* projet de vie. C'était le leur. Je ne parvenais pas à trouver ma place et cela n'avait pas de sens pour moi de rester.

Ne souhaitant pas m'imposer plus longtemps ces conditions de vie précaires et instables, mes parents ont compris et accepté ma décision. Je suis rentrée en France sept mois plus tard. Je venais d'avoir 18 ans. Les premiers temps, ils m'ont téléphoné tous les jours et ont assuré à distance, le paiement du loyer de mon premier logement étudiant – je n'avais pas droit aux bourses – ainsi que tout ce dont j'avais besoin. Au fil des jours, des semaines, des mois, les appels se sont espacés, jusqu'à devenir presque inexistants. De l'argent continuait d'être versé sur mon compte bancaire mais rapidement, j'ai dû m'assumer seule. Heureusement, je trouvais mon premier emploi à peine mon diplôme en poche, et il était plutôt bien rémunéré.

Cela fait à peu près dix ans maintenant que mes parents, membres la plupart du temps d'une équipe mobile, ne connaissent que des dispensaires, des hôpitaux, des camps de réfugiés. Il est probable qu'aujourd'hui leur niveau de résistance physique et psychologique ait atteint son paroxysme. Seraient-ils désormais animés par un besoin de calme et un retour à l'essentiel qui expliqueraient leur choix de se désengager ? Ils ont amplement fait leur part et savent que la relève sera assurée.

Je suis encore chamboulée par leur appel et j'ai besoin de temps pour réfléchir à la décision que je dois prendre.

Et Marion m'y aidera probablement.

Chapitre 39

Inutile de vous dire quelle aura été ma réponse à la demande en mariage de Nathan, lors de notre pique-nique dans le parc.

Nathan a définitivement rejoint la région parisienne depuis une semaine. Notre cohabitation se passe bien. Il fait encore la navette entre mon appartement et celui de sa sœur – le mien étant trop petit pour recevoir ses affaires qu'il est plus pratique de garder sous la main que dans le garde-meuble.

La visite de l'appartement qui était prévue lors de son bref dernier passage, n'aura pas abouti favorablement. Même pour un temps limité, Nathan ne parvenait pas à se projeter dans ce lieu qui, manifestement, n'avait pas vu un rouleau de peinture et autres matériels de bricolage depuis des lustres.

Lucile, quant à elle, voit d'un mauvais œil, le retour de son frangin bordélique et ronchon au réveil – il n'est pas du tout comme ça avec moi. Par conséquent, nous avons décidé de nous serrer dans mon petit deux pièces, le temps de trouver notre chez nous, qui sera sans aucun doute, selon un de nos critères de recherche, beaucoup plus spacieux ! Mais nous entamerons les investigations plus tard. Nous avons un mariage à préparer et peu de temps pour cela, puisque nous avons retenu une date dans trois mois et demi. Oui, mi-décembre ! Je n'ai jamais aimé faire comme les autres, et je me dis qu'un mariage en doudoune et après-ski devrait marquer les esprits ! Ce sont mes demoiselles d'honneur qui vont être ravies.

Le jour de la rentrée n'a jamais été aussi proche pour Louis, et bizarrement, il parle de cet évènement avec moins d'enthousiasme qu'au début de l'été. Nathan, quant à lui, a déjà fait la sienne avant hier. Il a rencontré toute l'équipe pédagogique, valider l'ensemble du programme de l'année et ajuster les derniers détails. Il aura aussi la responsabilité par demi-groupe, de la classe des petits-moyens dans laquelle sera accueillie Louis. Il semble conquis par ce nouveau poste.

Le sac à dos est prêt et Doudou Panpan y sera glissé au moment de partir demain matin. À l'heure du coucher, Louis s'est mis à pleurer, probablement inquiet par cette nouvelle vie d'écolier qui commence. Nathan s'est montré attentionné et rassurant envers lui et il a fini par s'endormir sans larme.

Il gère, l'apprenti papa.

J'ignore si Louis a rêvé de courir tout nu derrière le bus ou de partir à l'école avec ses chaussons dinosaures, mais la nuit fut calme. Je suis la première à me lever et je prépare un petit déjeuner complet aux deux hommes de ma vie. Tout y est : œufs brouillés, bacon, pains grillés, jus de fruits frais. Un apport vitaminé et une bonne douche froide, est l'alliance parfaite pour démarrer la journée sur les chapeaux de roues.

Je m'apprête à réveiller Louis.

D'ici quelques années, je ne pourrai plus entrer dans sa chambre sans permission. Tant que je le peux encore, je m'autorise à y pénétrer sans faire de bruit. Une fois mes yeux acclimatés à l'obscurité, je m'aperçois que son lit est vide. Je regarde en-dessous, puis dans le placard et ressors pour vérifier dans la salle de bain. Il n'y est pas.

Je ne le trouve nulle part. Où est-il ?

Mon rythme cardiaque s'accélère, je suffoque. J'arrive tant bien que mal à articuler son prénom et je l'appelle dans tout l'appartement. Nathan, dont le réveil n'a pas encore sonné, est effrayé par mes cris et se redresse d'un bond. J'ai cru le voir en lévitation au-dessus du canapé.

— Que se passe-t-il Marion ?

— C'est Louis. Il a disparu. J'ai regardé partout.

— Tu es sûre qu'il n'est pas dans sa chambre ? dit-il tout en s'y dirigeant d'un pas pressé.

— Certaine, Nathan. Il n'y est pas, ni même ailleurs, j'ai déjà cherché. Je ne comprends pas. Je me suis levée avant tout le monde, il y a une grosse demi-heure, ça veut dire qu'il a…

— Calme-toi, tu veux bien. On va le retrouver. Il n'a pas pu aller bien loin, la porte d'entrée est fermée à double tour. Il est certainement caché quelque-part. Tu as vérifié sous le lit et dans le placard ?

— Oui !

— Et dans les toilettes ?

Punaise, il y a pourtant très peu de pièces dans l'appartement et je n'ai même pas pensé au petit-coin. Habituellement, c'est la première chose que je fais en me levant, mais exceptionnellement, voulant que tout soit prêt quand Nathan et Louis se lèveraient, j'avais réorganisé ma routine matinale.

J'ouvre la porte lentement. Louis est assis par terre contre le mur, les jambes repliées contre lui. Il est en train de pleurer et son bas de pyjama est en boule sur le sol. Je devine tout de suite ce qui se passe. Paraît que les mamans ont un sixième sens – même si dans le cas présent, c'est quand même relativement simple à comprendre.

— Mon chéri, ça va ?

Il fait un signe négatif de la tête et continue de regarder en direction du vêtement souillé.

— Tu sais, ça arrive même aux grandes personnes de faire pipi au lit quand elles sont un peu stressées par quelque-chose.

Il relève la tête et me regarde interloqué, comme si j'étais en train de me moquer de lui. Nathan nous a rejoint. Il est derrière moi, adossé à l'encadrement de la porte. Louis a visiblement remarqué quelque chose que je n'ai pas encore vu.

Il ouvre de grands yeux, place ses deux petites mains potelées sur sa bouche et éclate de rire. Il est suivi de près par ce grand dadais en pyjama, qui a eu la sublime idée de se renverser du jus de fruit au niveau de l'entrejambe.

— Je crois que j'ai fait pipi au lit, moi aussi. Je commence mon nouveau travail demain et ça doit certainement m'inquiéter un peu. Mais tout se passera bien, j'en suis sûr. Tu es d'accord avec moi Louis ?

De toute évidence il l'est. Louis lui saute au cou, le petit bigoudi toujours à l'air libre. Nathan se contentera sans mal de cette réponse.

Au bout de quelques minutes, j'accompagne mon fils jusqu'à la salle de bain pour l'aider à se débarbouiller. Je croise le regard de Nathan et mine un « je t'aime » du bout des lèvres. Il me le renvoie accompagné d'un petit clin d'œil. Je le trouve extrêmement touchant (et méga sexy aussi), quand il se veut rassurant et protecteur envers Louis. Il prend vraiment très à cœur ce nouveau rôle de papa et ça me touche. Nous n'avons toujours pas trouvé le bon moment pour l'annoncer à Louis. Nathan souhaite avant tout que ce petit bonhomme l'apprivoise. Et je respecte ça.

Chapitre 40

Nous sommes en retard. J'ai dû lancer une machine de linge sale.

J'enfile mes chaussures à la hâte et je rejoins Nathan et Louis qui papotent avec Lucile sur le palier. Pourtant sur un rythme de nuit en ce moment, elle s'est réveillée volontairement de bonne heure. Elle nous a guettés au travers de son œilleton pour ne pas nous louper. Commencerait-elle à prendre mes mauvaises vieilles habitudes ? Elle tenait absolument à souhaiter, de vive voix, une bonne rentrée à son frère et son petit neveu. C'est adorable de sa part.

Je regarde ma montre, il faut vraiment y aller. Arriver en retard ce jour-là, et en plus, en même temps que le dirlo, ce n'est pas terrible.

Nos dernières discussions au sujet de l'école, auront permis à Louis de l'imaginer comme un endroit rempli d'enfants sympathiques où l'on s'amuse et apprend plein de choses intéressantes. Mais ce matin, dans la salle de classe, il semble d'un tout autre avis. Et moi aussi d'ailleurs. La faute à ceux qui, au contraire, la voient comme un abandon, des pleurs et de la morve au nez. C'est apocalyptique ! Nombreux sont ceux qui se souviendront de ce premier jour. Enfants, comme parents et enseignants.

Louis parvient à rester calme malgré toute cette agitation autour de lui. Je ne sais pas comment il fait. Il ne me lâche pas la main pour autant. Son institutrice paraît dépassée par les évènements. La pauvre ! Je lui apporterais bien mon aide mais j'ai peur qu'elle pense que la future femme du directeur fait du zèle – car, oui, ça doit déjà se savoir !

Je me décide plutôt à rassurer Louis.

— Tu sais mon chéri, chaque enfant réagit différemment. Ceux-là pleurent, d'autres crient, mais ce n'est rien. Souviens-toi de ce qu'on s'est dit. Tu verras, quand les parents seront partis, tout rentrera dans l'ordre. Je reviendrai te chercher après la sieste, d'accord ?

Il me fait un bisou sur la joue et je sens qu'il faut que je m'échappe tout de suite. La règle d'or : ne pas laisser traîner les aurevoirs et surtout ne pas se retourner.

Arrivée sur le parking de l'école, j'ai envie de pleurer. D'une part, parce que j'ai le sentiment de l'avoir abandonné, et d'autre part, parce que je découvre en baissant la tête, que les chaussures que j'ai enfilées à la va-vite ce matin, sont dépareillées. Je fais donc un rapide détour par l'appart avant d'aller bosser. Ce fut mon premier retard en sept ans de bons et loyaux services et mon cher patron ne me fit aucun cadeau. Il le retira de mon salaire sans le moindre scrupule. Quelle ignominie cet homme !

Cette journée m'a semblé interminable. J'ai passé mon temps à regarder la pendule. Je ne suis pas mécontente de partir une heure plus tôt – à l'insu de mon patron. J'aurai profité d'une réunion à laquelle il participait en dehors de nos locaux, pour m'échapper avant l'heure officielle. Il n'y aura vu que du feu.

Louis semble ravi de ce début de vie de « grand » et a déjà plein de choses à me raconter.

J'en retiendrai une en particulier : il m'a confié dans son petit jargon tout mignon, que sa maîtresse n'était pas aussi jolie que moi, comme il l'espérait !

Les jours suivants ont été plus calmes et Louis a réussi à prendre ses marques dès la fin de la première semaine. Il est appliqué et s'intéresse à tout. Nathan éprouve de plus en plus d'admiration et d'affection pour cet enfant qui a fait irruption dans sa vie.

Ou plutôt, lui dans la sienne.

Chapitre 41

Le rythme effréné de Nathan au travail, le mien aussi, entre mes journées au boulot et la gestion de la maison en rentrant, ne nous auront pas permis de reparler de l'organisation de notre mariage. Bien que nous le souhaitons le plus simple possible, cela demande un minimum de préparatifs. Et il faudrait également qu'on se décide à l'annoncer à nos proches.

Ma future belle-sœur me file un petit coup de main à la maison de temps en temps – voire un peu trop souvent. Elle est tellement heureuse d'avoir sa nouvelle famille proche d'elle, qu'elle ne vit que pour elle. Elle va passer à côté de sa vie et je refuse que nous en soyons la cause.

Un soir, après le travail, alors qu'elle m'aide à monter les courses – puisque l'ascenseur est encore en panne –, je me permets de mettre les pieds dans le plat.

— Tu sais, c'est vraiment adorable de ta part, mais tu n'es pas obligée de m'aider tout le temps comme tu le fais. Tu as ta vie aussi et un jour de repos, comme son nom l'indique, ça sert à se reposer. Avec tes horaires à rallonge et décousus, tu le mérites bien.

— Oui je sais, mais ça me fait plaisir !

— Je n'en doute pas mais ça m'embêterait que tu passes à côté de ta vie à cause de moi.

— J'aurais l'impression de passer à côté de ma vie, si je ne profite pas de ma nouvelle famille qui, pour mon plus grand bonheur, est installée dans l'appartement voisin du mien.

— Il y a d'autres moyens de profiter de nous que de m'aider à faire le ménage, à monter mes courses ou récupérer Louis à l'école quand nous ne sommes pas disponibles. Même si ça nous rend bien service, je te l'avoue.

— Marion, je vais très bien, ne t'inquiète pas pour moi. Tout ce que je fais, depuis que Louis et toi êtes entrés dans la vie de mon frère, et dans la mienne, je le fais avec grand plaisir.

— Si tu le dis. Je t'aime beaucoup Lucile.

— Pareil pour moi Marion.

Lucile a toujours été très pudique quand il s'agit d'exprimer ses sentiments. Je l'ai remarqué plusieurs fois déjà, notamment dans ses relations avec son frère. Lui qui n'est pourtant pas avare d'attentions, de gestes tendres et de mots doux – c'est ce qui me plaît chez lui –, reçoit toujours un « pareil » ou un « idem » en retour. Je vois bien qu'il est touché par moment, même blessé, mais il respecte cela. C'est sa sœur. Il espère qu'un jour, elle parviendra à se livrer davantage. Dès son plus jeune âge, elle était déjà comme ça. Ça viendra peut-être avec le temps.

Nathan fait sa part du boulot aussi à la maison. Louis demande encore énormément d'attention et je me dois d'être à cent pour cent disponible pour lui – bien qu'il gagne en autonomie chaque jour un peu plus.

Le week-end suivant, on se décide enfin à parler du mariage. On se met rapidement d'accord sur le fait qu'il n'y aura pas de robe meringue à frou-frou ridicule, ni de grand banquet et de soirée dansante interminable qui dure jusqu'à l'heure de la soupe à l'oignon – je ne les digère pas. Nous avons opté pour une réception en petit comité dans le restaurant de notre premier rendez-vous en tête-à-tête. La réservation est faite. Une magnifique alcôve, qui avait échappé à notre œil la première fois, sera aménagée et privatisée pour l'occasion. Pas le temps de commander des faire-part non plus. Nous avons prévu de l'annoncer ce soir autour d'un apéritif improvisé. En espérant que chacun de nos invités pourra se libérer à moins de deux mois de l'échéance. C'est un pari risqué, mais nous restons confiants.

19 h 30. La sonnette de l'entrée retentit.

Julia, Lucile, Valérie, Bruno ainsi que Théo – qui n'aurait manqué la fête et le plaisir de voir Louis pour rien au monde –, viennent d'arriver. Un buffet dînatoire s'est imposé à nous, afin que le nombre insuffisant de places assises, ne soit pas un problème pour cette fois. Nous sommes un peu les uns sur les autres mais il faut reconnaître que la soirée se passe très bien.

J'arrive à capter le regard de Nathan et sans se parler, on comprend que c'est le bon moment. Un bruit de couvert qui cogne sur le rebord d'un verre attire l'attention et installe un silence dans la pièce.

Je me rapproche de Nathan qui prend la parole en premier.

— Chers amis, nous vous avons conviés à la dernière minute ce soir, pour une raison bien particulière, n'est-ce pas ma chérie ?

— Mais parfaitement mon amour.

Je surprends Julia en train de se moquer de moi. Autant de mièvrerie ne me ressemble pas – nous l'avons fait volontairement. À mon avis, elle a déjà compris et elle doit être en train de jubiler : sa menace avec le petit couteau à bout rond aurait-elle fonctionnée ?

— Bon, si vous pouviez aller droit au but, ça nous éviterait de tous décéder d'une crise cardiaque avec ce suspense insoutenable ! lance-t-elle, une fois s'être positionnée en première ligne, pour mieux me bondir dessus quand on se sera décidé à annoncer ce à quoi elle s'attend !

Nathan lève son verre et s'exécute sur le champ, une seule menace lui a suffi.

— J'ai demandé à Marion de devenir ma femme et elle a accepté !

— Et vous êtes tous invités à célébrer cette union dans deux petits mois ! ajouté-je, en imitant Nathan, mon verre en l'air.

— Dans deux mois de cette année ? intervient une nouvelle fois Julia, au bord de la crise de nerfs.

— Oui Ju. On va se marier le 15 décembre de cette année. Et d'ailleurs, je voulais te demander si tu accepterais d'être mon témoin ?

— Evidemment ! De toute façon, ça ne pouvait pas se passer autrement, on s'était déjà mises d'accord toutes les deux, tu te souviens ?

Elle reste fière, mais je sais qu'elle est émue. Je lui adresse un sourire complice et la soirée se poursuit à coups d'embrassades et de félicitations. Tous nos amis semblent ravis pour nous, ça fait chaud au cœur.

Chacun repartira chez soi, près de deux heures plus tard.

Lucile, la dernière à quitter l'appartement, est interpellée par Nathan au moment de franchir la porte. Je ne parviens pas à distinguer ce qu'ils se disent, mais la voyant s'effondrer en larmes et se pendre au cou de son frère, je devine qu'elle a accepté d'être son premier témoin.

Dans quelques jours, Nathan demandera à son père d'être le second. Nous avons prévu d'y passer le weekend prochain. Quant à moi, ce sera Valérie.

Chapitre 42

Les bagages sont prêts et chargés dans le coffre de la voiture. Nathan saisit l'adresse dans son GPS. Non parce qu'il ne connaît pas le trajet, mais pour communiquer l'heure exacte d'arrivée à sa mère. Elle souhaite que tout soit parfait et tient à ce que la cuisson du rôti pour midi, le soit également.

Lucile est de la partie, elle aussi. Pour la première fois, elle a réussi à obtenir un week-end entier de repos. Elle a changé de service la semaine dernière – bye la Bérangère –, et retrouve le plaisir de travailler en équipe.

Ce premier week-end en famille me réjouit et m'effraie à la fois. Il m'aura causé quelques nuits agitées et une grande appréhension, à l'idée de rencontrer mes futurs beaux-parents. Je ne les connais qu'au travers de ce que m'ont raconté leurs enfants, et bien que je sois certaine que tout se passera bien, je ne cesse de me demander s'ils me trouveront à la hauteur et digne de rejoindre leur famille.

L'accueil que Charles et Linda nous ont réservé, à Louis et à moi, était bien au-dessus de tout ce que j'avais pu imaginer. Avec le recul, ce n'était pas utile de me mettre la ratte au court-bouillon. *On ne dit plus ça depuis des décennies, il serait temps de te mettre un peu à la page !* À qui il cause le criquet ?

En plus, mes dernières insomnies ont laissé des stigmates sur mon visage : au moins dix ans de plus et de gros cernes noirs qui me rappellent le panda-phoque de l'autre jour. J'ai pourtant essayé de les camoufler, mais évidemment mes produits de grande surface n'ont pas cette vertu. Je n'oublierai pas d'en ajouter quelques-uns des meilleurs instituts, sur ma liste de mariage. Julia se fera une joie de les choisir pour moi.

Bref, je disais donc que, malgré ma tête de zombie ridée et cernée, mes beaux-parents ont vraiment été adorables. Nous nous sommes sentis à notre place, dès notre arrivée. Louis a même laissé échapper, par-ci par-là, des « papi » et « mamie » spontanés. Ce qui, de toute évidence, n'a pas déplu aux quinquagénaires, qui n'ont cessé de s'appeler ainsi l'un l'autre, pendant deux jours.

Nous nous en sommes amusés mais n'avons pas souhaité en dire davantage pour le moment. Les présentations officielles et l'annonce de notre mariage suffisaient pour cette première fois.

Pendant ce séjour, j'ai réalisé à quel point Nathan et ses proches ont dû être heureux ici, et je devine les raisons qui le pousseraient à y retourner un jour. Les gens sont accueillants, les paysages sont magnifiques et certaines villes perchées, offrent un panorama sur la mer et sur la nature sauvage de la région. J'ai découvert pour la première fois les grandes étendues de galets et heureusement qu'en cette saison nous étions contraints de garder nos chaussures, sinon mes plantes de pied s'en souviendraient encore – bien qu'il semblerait que ce soit plutôt bénéfique pour le corps : une petite séance de réflexologie plantaire gratos !

Comme nos amis quelques jours plus tôt, Charles et Linda ont pris l'annonce de notre mariage avec beaucoup d'enthousiasme.

Depuis notre retour, je me sens comme sur un petit nuage. Je vois les gens heureux autour de moi, mes amis, Nathan et sa famille. Et surtout Louis, qui n'a jamais exprimé, tant par la parole que par son attitude, autant de joie de vivre que ces derniers mois.

Ce vide que je ressens depuis des années est en train de se combler. Cette sensation de me remplir de belles choses me rend heureuse à mon tour. Je me sens tellement chanceuse de tout ce qui m'arrive depuis près d'un an, que là tout de suite, j'ai envie de plonger à poil dans l'étang du parc et rouler des patins aux canards.

Chapitre 43

Julia

Je descends du véhicule dans ma jupe crayon trop moulante pour être confortable, mais certaines situations imposent de porter une tenue avec davantage de sex-appeal que de confort. Marion ne serait pas d'accord avec moi sur ce point. Elle a tenu à m'accompagner en voiture jusque devant les portes vitrées, sur l'emplacement réservé aux taxis. Plus près de l'entrée, elle n'aurait pas pu.

Je vais passer quinze jours tout entiers avec mon charmant skipper dont je suis tombée raide dingue depuis mon anniversaire – et notre brève galipette dans les toilettes du yacht.

— Ciao Ma. Tu penseras à moi ok ? Bon, moi en revanche, il y a peu de chance que je pense à toi.

Je serai bien trop occupée, si tu vois ce que je veux dire !

— Je n'ai toujours pas besoin d'un dessin Ju ! Amuse-toi bien et reviens-moi vite quand même. Tu vas me manquer.

— Tu vas me manquer aussi. À très vite !

Je me retourne une derrière fois. Elle est toujours là. Je lui adresse un aurevoir enthousiaste en agitant mon bras levé, puis j'entre dans l'aéroport.

Marion

Je ne reconnais plus Julia depuis qu'elle a rencontré Damien. Ils enchaînent les appels en face-time et autres conversations mielleuses, même pendant notre rendez-vous hebdomadaire. C'est beau de la voir amoureuse mais c'est aussi insupportable ! Je me demande si je ne la préférais pas en femme fatale, mangeuse d'homme et sans scrupule. J'hésite encore : Julia en mode plan-cœur ou plan-cul ?

En toute sincérité, la première option lui va à ravir – à quelques détails intellectuels près. Je suis vraiment contente pour elle. Je savais qu'un jour elle finirait par se caser.

En revanche, l'amour est en train de lui grignoter la cervelle. Elle m'en sort de bonnes à chaque fois qu'elle ouvre la bouche pour me raconter ses innombrables conversations avec son jules. Heureusement qu'aujourd'hui, la plupart des forfaits sont illimités. Ils s'appellent au moins douze fois par jour pour se dire les mêmes mièvreries, qui ont malgré tout l'avantage de me faire rire gentiment. Des « je t'aime mon cœur » à gogo, ou des « à trois, on raccroche », me renvoient à nos 15 ans, lorsque je l'écoutais me raconter ses amourettes, ou que plus tard, pendant nos années lycée, je tenais la chandelle et attendais patiemment qu'elle se décide enfin à lâcher son fichu téléphone. Oui, nous en avions déjà à l'époque – ils avaient encore des touches mais fonctionnaient à merveille et ont révolutionné nos vies d'adolescentes.

Je viens de déposer mon amie à l'aéroport. Elle va me manquer mais je suis contente pour elle. Elle a bien raison d'en profiter. Je suis déjà impatiente qu'elle rentre pour me raconter tout ce qu'elle aura visité pendant son séjour dans cette belle région.

Julia

Pensive, stressée, excitée et impatiente. Voilà qui résume assez bien l'état dans lequel je me trouve à quelques minutes de l'atterrissage. Avec Damien, nous ne nous sommes pas revus depuis ce weekend du mois d'août durant lequel, manifestement, le coup de foudre fut réciproque. Mes quelques neurones perdus en ce temps-là, n'ont pas eu l'air de le formaliser outre mesure.

J'attends à côté du tapis roulant et j'assiste concentrée, au défilé des valises et sacs de toutes tailles, couleurs et formes, et à peu de choses près, ça me donnerait le tournis. Enfin, j'aperçois au loin ma valise – difficile de la louper, elle est rose bonbon avec des autocollants à fleurs. Un délire de jeunesse que je n'ai jamais remplacé. Elle me convient parfaitement ainsi.

Une fois à ma portée, je l'empoigne fermement pour éviter qu'elle ne reparte pour un tour de manège interminable.

Lorsque je me retourne pour rejoindre le hall des arrivées, je distingue parmi la foule de voyageurs, un homme élégant en duffle-coat qui me rappelle vaguement quelqu'un. Il tient une

pancarte entre ses mains portant l'inscription
« Mon sucre d'orge ».

Marion

Je vous avais prévenus. Gnangnan et compagnie
sont de sortie.

Julia

Malgré le poids de mon bagage et ma jupe trop
serrée, je cours dans sa direction, et une fois à
bonne distance pour ne pas rater mon coup, je lui
saute dessus et l'enlace, envoyant ainsi valdinguer
la pancarte de fortune qu'il a dû fabriquer à la va-
vite avec un morceaux de carton trouvé dans une
poubelle. Je m'en contrefiche, c'est l'intention qui
compte. Et elle compte pour moi.

Ce sont les grosses retrouvailles. Nous nous
galochons, sans prêter attention aux gens autour de
nous. Puis, je me sens soulevée du sol par un
Damien qui doit se prendre pour l'acteur principal
d'une comédie romantique américaine, au moment
où les amoureux – qu'on croyait séparés à jamais –
décident finalement de ne plus se quitter. Et ça se

passe généralement dans un aéroport d'ailleurs. Avec Marion, nous sommes incollables sur tous ces films romantiques. On en connaît la moindre réplique et on ne s'en lasse pas.

Damien me fait tournoyer, si bien que le morceau de tissu qui m'arrivait jusqu'alors au niveau des genoux, se retrouve complètement remonté jusqu'en dessous de mon popotin. Un pantalon aurait finalement été plus adapté à la situation. Si j'avais su, j'aurais écouté Marion. Peu importe.

Notre démonstration langoureuse cessera au bout de quelques minutes, et main dans la main nous quittons le grand hall bruyant pour retrouver le calme de la voiture de Damien.

Garée en double file, elle est la cause d'une belle cacophonie, mêlant des sons de klaxons et des injures qui s'échappent des vitres baissées d'autres automobilistes, impatients de poursuivre leur route. Damien ne perd pas son sang-froid et prend tout de même le temps de charger mes bagages à l'arrière et m'ouvrir la porte passager. Je prends place sur les beaux sièges en cuir – mince, ça risque encore de coller – puis il grimpe à son tour et démarre enfin. Les sirènes cessent aussitôt leur tumulte et nous prenons la direction du port dans son 4x4 flambant neuf.

Damien vit toute l'année sur son yacht. Sauf quand des riches qui veulent se la raconter, louent le bâtiment pour la journée, voire le weekend ou la semaine, sans l'option « skipper ». Alors, il loge à l'hôtel. Il est son propre patron et il gère ses locations comme ça lui chante. Dernièrement, il en a refusé quelques-unes, voulant profiter pleinement des deux prochaines semaines à voguer sur les flots de la Grande Bleue avec moi, sa canne à sucre.

C'est bien ce qu'il avait écrit sur sa pancarte, non ?

Chapitre 44

— Ma, ces quinze jours étaient merveilleux !

— Je veux tous les détails ! Tu as visité plein de beaux endroits j'imagine ?

— Evidemment !

— Bah, vas-y raconte !

— La liste est longue !

— On vient tout juste de commencer l'apéro, on a tout notre temps.

Julia est rentrée hier, et malgré une fin octobre assez fraîche, elle affiche de jolies pommettes rougies par un soleil qui était certainement moins timide que celui d'ici. Elle avale une grande gorgée de sa boisson et prend cet air espiègle qui présage le pire, comme à chaque fois.

— Si tu insistes ! Alors, on a visité le poste de pilotage, le plan de travail de la cuisine, le pont supérieur, le pont inférieur, toutes les zones de couchage, les toilettes – que je connaissais déjà –, la salle des machines et la cabine principale, avec une vue panoramique sur le coucher de soleil !

J'hallucine ! Elle n'a pas quitté le bateau de tout le séjour.

Après un cul-sec du fond de Chardonnay qui croupissait dans mon verre, trop occupée à écouter béate, l'histoire de mon amie, j'en commande un deuxième.

— Tu as passé deux semaines dans une région magnifique, et tu n'as même pas mis un pied sur la terre ferme pour en découvrir les trésors cachés ?

— On n'a pas eu le temps…

Ils n'ont pas eu le temps, les pauvres !

— … et puis, je n'y allais pas pour ça. Mais ne t'inquiète pas, j'ai quand même découvert des trésors cachés…

— Je ne veux pas savoir !

— Tant pis pour toi. En revanche, j'ai appris plein de choses très intéressantes sur les navires de croisière. Tu veux savoir lesquelles ou tu vas passer la soirée à me faire des reproches ?

Je réalise en effet que depuis le début du repas, je n'ai pas arrêté de la juger – et même avec des mimiques pas très discrètes, du genre : grands yeux éberlués et grande bouche ouverte.

Je me calme et reprends la conversation avec une légère pointe de nostalgie.

— Excuse-moi Ju. Pour être honnête, je pense que j'envie cette liberté que tu as. Même si je ne me plains absolument pas de ce que j'ai la chance d'avoir aujourd'hui. Rien ne te retient, toi. Tu fais ce que tu veux, quand tu veux, et je suis peut-être un peu jalouse de ça ! Je suis désolée de mon comportement. Si tu t'es bien amusée, c'est tout ce qui compte… même si je continue de penser que Cannes ou Monaco auraient mérité leur p'tit coup d'œil !

— Je compte bien y retourner et, promis, je commencerai mon périple touristique par ces deux-là ! T'es contente ?

— Très contente !

— Sinon, c'est quoi ces conneries de jalousie ? Tu as la vie dont beaucoup femmes rêvent, et moi la première. La stabilité, la routine et le partage du quotidien avec l'être aimé, ont aussi leur part de charme, je t'assure. Alors, je ne veux plus jamais t'entendre parler de ça. Capische ?

« Capische ». Oui, elle l'aime bien celui-là !

Julia lève son verre et pose son regard sur moi, dans l'attente que je l'imite. Cette fois-ci, pas de *Sex on the Beach* – bien qu'il aurait été plus que jamais de circonstance. Le *Sex on the boat* n'existant pas, elle s'est rabattue sur une bière blonde.

— On trinque ?

— À nous !

— À nos vies respectives qui nous ressemblent. Différentes mais authentiques ! Tchin Ma !

— Tchin !

Nos deux verres s'entrechoquent et avant de reposer le mien sur la table, j'ajoute :

— Et pour la prochaine fois, promet-moi que tu reviendras avec autre chose à me raconter que tes parties de jambes en l'air dégoutantes.

— T'es vraiment pas drôle Ma…

Chapitre 45

Julia

L'automne est bien installé et nous ravit avec ses belles couleurs orangées. Il y a plus de deux mois, j'entretenais une brève conversation téléphonique avec mes parents. Mon séjour sur la Côte m'aura permis non seulement, de réviser toutes les positions du Kamasutra, mais aussi de prendre du recul et réfléchir à tout ça.

Devrais-je leur en vouloir de m'avoir laissée et les rayer définitivement de ma vie ? Ou devrais-je leur offrir une chance de rattraper le temps perdu et renouer les liens que nous avions autrefois ?

C'est vrai que cet appel m'a complètement bouleversée, mais au fond de moi, je crois que je l'espérais.

J'ai choisi la seconde option.

Marion

9 h 30. Julia quitte à l'instant ma voiture. Émue, elle se dirige vers la maison de son enfance.

Julia

Je regarde cette grande façade que j'aimais tant et devant laquelle je me suis arrêtée tant de fois ces dernières années, dans l'espoir d'apercevoir à travers les fenêtres, des visages familiers. Le nom sur la boîte aux lettres n'est plus le même — certainement celui du dernier locataire — mais tout est resté comme dans mes souvenirs : le grand portail, la longue allée de gravillons bordée de cyprès, la balançoire en bois et le vieux cabanon. Quant aux volets verts, ils semblent avoir été repeints récemment.

Il est tôt ce matin. Je me demande comment mes parents vont réagir en me découvrant derrière la porte. Sont-ils déjà levés ? Ces dix années à l'étranger auront-elles changé leurs habitudes ? Comment sera notre relation à présent ? Nous qui étions si fusionnels autrefois. Retrouverai-je cette complicité qui m'a tant manquée ?

Je tremble. Je doute.

Après quelques secondes d'hésitation, je prends une profonde inspiration et regarde en direction de Marion, qui m'observe de l'autre côté de la rue.

Marion

Je retiens ma respiration. On ne sait jamais, un mouvement incontrôlé pourrait interrompre son élan. En guise d'encouragement, je lui adresse un léger signe de la tête et elle disparaît derrière le grand portail.

Julia

Je grimpe les trois marches du perron. J'hésite un moment, puis je me décide à appuyer sur le bouton qui mettra fin à ma dernière chance de pouvoir faire marche arrière.

Ma mère ouvre la porte quasiment aussitôt. C'est une femme de petite taille — j'ai tout pris de la morphologie élancée de mon père. Malgré les années, elle n'a rien perdu de son élégance. Elle affiche un sourire rayonnant — ses lèvres étaient moins ridées dans mon souvenir.

— Bonjour ma chérie. Je t'ai vue traverser l'allée. Tu ne peux imaginer à quel point mon cœur bat la chamade à cet instant précis.

— Bonjour maman ! J'ai réfléchi et j'ai...

— Peu importe, tu n'as pas à te justifier, tu es là et c'est tout ce qui compte.

— Papa est ici aussi ?

— Il est dans le jardin. Il coupe les dernières branches qui dépassent de la haie, pourtant déjà impeccablement taillée. Mais tu connais ton père…

— Toujours aussi perfectionniste à ce que je vois.

— On ne le changera pas à son âge. Tu veux entrer deux minutes ?

— Euh, si je ne vous dérange pas à cette heure matinale, je veux bien.

— Quelle idée ! Tu ne nous déranges pas du tout. J'étais en train de préparer du thé, je t'en sers une tasse ?

J'entre.

Je *re*découvre cet intérieur si familier, cette même odeur de patchouli que ma mère se plaît à vaporiser dans chaque pièce de la maison, la vieille tommette rouge au sol qui porte encore les stigmates du jour où, petite fille, j'avais renversé le lourd vase en verre – et bam, un bel éclat –, et les chaussures de mon père toujours en désordre sur le tapis de l'entrée, ce qui exaspérait déjà ma mère, si à cheval sur le rangement.

Finalement, rien ne change vraiment. J'ai l'impression d'avoir quitté cet endroit hier.

Appuyée contre l'évier de la cuisine, je regarde par la fenêtre qui donne sur l'arrière de la propriété et j'aperçois mon père au loin. Il a l'air plus vieux lui aussi. Ma mère entrebâille la fenêtre et l'appelle. Elle lui fait signe de nous rejoindre avec un coup d'œil dans ma direction comme pour lui dire : « Regarde qui est là ! ». Mon père pose aussitôt ses outils et traverse d'un pas assuré, la parcelle de pelouse elle aussi parfaitement entretenue.

— Ça lui a manqué j'imagine ? dis-je en gardant mes yeux posés sur lui.

— De quoi parles-tu ma chérie ?

— De tout ça, la maison, la stabilité, s'occuper du jardin, le cabinet et les patients ?

— Il n'en a jamais parlé, et moi non plus d'ailleurs. Depuis que nous sommes jeunes, nous rêvions de cette vie-là. Et puis tu es arrivée. Nous t'avons élevée jusqu'à ce que tu sois en âge de comprendre. C'était sûrement là notre erreur.

Nous aurions peut-être dû le faire alors que tu étais encore toute petite, cela aurait été moins difficile pour toi. Tu sais ma chérie, c'était un réel déchirement pour nous de te laisser partir, mais nous ne serions jamais restés aussi longtemps loin de toi, si ça n'en avait pas valu la peine…

Je ne lui réponds pas. J'écoute ma mère, les yeux larmoyants.

— … je sais que ces mots risquent de te faire de la peine mais nous ne regrettons rien... Mis à part que tu ne sois pas restée auprès de nous. Néanmoins, nous comprenions ton besoin de rentrer et j'espère que tu comprenais le nôtre de rester.

— Maman, j'ai toujours su qu'un jour vous finiriez par vivre votre rêve. Je me suis longtemps demandé si cette vie me conviendrait et je ressentais une part d'excitation moi aussi. Puis, lorsque ce jour est arrivé, ç'a été dur pour moi de tout quitter. Puis, je me suis faite à l'idée. Mais très vite, je ne me suis pas sentie à ma place. Alors j'ai préféré rentrer. Au départ, je vous en ai voulu de m'avoir arrachée à ma vie, cependant…

— … malgré notre absence, tu as réussi à te reconstruire Julia, grâce à ta persévérance, ta force et toutes les valeurs que nous t'avons inculquées jusqu'à ta majorité ! m'interrompt mon père qui vient d'entrer dans la cuisine et déposer ses gants en caoutchouc plein de terre, sur l'îlot central en bois brut.

Le regard noir que lui lance ma mère aura le mérite de les lui faire retirer dans la seconde. J'assiste à cette scène que j'ai déjà vécu tant de fois et je me dis que non, en effet rien ne change vraiment.

— Papa ! dis-je en me jetant dans ses bras.

Mon père est surpris par tant de démonstration d'affection. Après un bref instant, il enroule ses bras autour de moi, lesquels étaient jusqu'alors restés ballants, ne sachant pas comment réagir eux non plus.

— Nous sommes si fiers de la jeune femme et de la brillante avocate que tu es devenue ! continue mon père en me serrant fort.

— Papa, maman, je suis si contente que vous soyez là de nouveau.

— Et nous sommes tout aussi heureux de te retrouver ! ajoute ma mère, en larmes.

Chacun de nous garde le silence pendant un moment. Je le brise d'une voix tremblante.

— Je me demande si malgré toutes ces années passées loin de vous, j'arriverai à retrouver cette complicité que nous avions jadis.

Ma mère place ses mains sur mes épaules et me regarde droit dans les yeux.

— Nous n'avons aucunement l'intention de repartir où que ce soit ma chérie, sois en certaine. Avec ton père, nous avons toujours considéré la complicité de notre famille comme inébranlable, et cela, que nous soyons deux ou trois. Alors, ne te fais pas de souci à ce sujet, tu veux bien ?

Je la serre fort et laisse couler quelques larmes.

— Nous sommes vraiment ravis que tu aies fait le choix de nous laisser une seconde chance, ajoute mon père en attrapant un mouchoir en papier.

Marion

Je me félicite d'avoir emporté avec moi de quoi grignoter, boire et feuilleter pour passer le temps. J'éteins la radio au bout de quelques minutes. D'abord, il n'y a que des pubs, et surtout il faut économiser la batterie car je ne tiens pas à verser un centime de plus à mon escroc de garagiste.

Toujours coincée dans l'habitable insonorisé, je décide de prendre un peu l'air et me dégourdir les jambes. J'ouvre la portière et les bruits de la ville me parviennent aussitôt : la circulation et quelques sirènes au loin, un chien qui aboie, des gens qui rient sur un balcon. Assise sur un banc, je profite du petit vent frais qui s'engouffre dans mes cheveux lâchés, et fait tourbillonner les quelques feuilles mortes des peupliers qui bordent la rue du même nom.

Je pense à Julia et j'espère que tout se passe pour le mieux.

Julia

Nous discutons tous les trois. Rions aussi. Et pleurons à nouveau.

Avec toujours cette petite étincelle dans leurs yeux, mes parents me racontent leur vie en dispensaire, à soigner des populations vulnérables ; l'ensemble de leurs actions, qui leur auront permis de rester en phase avec leurs valeurs humanitaires ; et aussi le véritable manque de leur fille pendant toutes ces années et ce besoin à présent d'une vie plus calme, rangée, et axée sur cette même priorité qu'ils auront choisie il y a trente ans. Quant à moi, je leur parle de mon travail et des situations parfois saugrenues qu'il m'aura fallu défendre devant un jury impitoyable ; mes amours compliquées et ma rencontre avec Damien, qui semble vouloir changer les choses ; puis mon amitié toujours aussi forte et sincère pour Marion, désormais maman d'un petit garçon et qui va bientôt se marier. Tous les deux semblent se souvenir parfaitement d'elle. Marion.

Oh ! Merde ! Marion !

C'est alors que je me souviens qu'elle est toujours dans sa voiture, peut-être totalement déshydratée voire déjà morte.

Marion

Je commence à me demander, s'il ne faudrait pas que j'aille jeter un œil à ce qui se passe dans cette barraque. Julia a peut-être des ennuis. Je me lève du banc, bien décidée à en découdre, quand je l'aperçois enfin. Elle franchit les grilles dans le sens inverse et presse le pas dans ma direction. Ouf ! Elle semble entière et tout à fait normale… Bien qu'un peu agitée.

Chapitre 46

— J'ai failli appeler les flics !

— Désolée Ma, on avait beaucoup de choses à se raconter. J'ai oublié que tu m'attendais !

— Sympa ! Sérieusement Ju, après toutes les horreurs qu'ils ont dû voir pendant cette dernière décennie, j'avais des raisons de croire qu'ils étaient peut-être devenus de vrais psychopathes et qu'ils t'avaient torturée et enfermée dans la cave et que…

— Arrête tes bêtises Ma !

— C'est vrai ! Ça ne leur ressemble pas. Ils auraient choisi une méthode plus douce pour te zigouiller ! continué-je, amusée.

Julia reste silencieuse. Je reprends.

— Bon ok, c'est pas marrant ! Mais tu m'as fait poireauter pendant plus de deux heures, il fallait bien que je m'occupe. Et échafauder des scénarios à suspens m'a paru être une bonne idée pour ça.

— Un point pour toi !

— Bon alors, comment ils ont réagi ?

— Ils m'ont accueillie comme si nous nous étions quittés la veille. Ils ont été un peu maladroits mais j'imagine que c'est parce qu'ils ne savaient pas comment s'y prendre.

— Tu les as probablement pris de court.

— Je ne crois pas. C'est ma mère qui a ouvert, et bien qu'elle m'ait vue traverser l'allée, je suis convaincue qu'elle savait que je viendrais. Comme si, depuis leur retour, elle passait ses journées à m'attendre derrière sa fenêtre.

— Ça ne m'étonnerait pas d'elle ! Et tu t'es sentie comment ?

— Plutôt bien. Il va me falloir du temps mais j'espère parvenir à *re*trouver ma place parmi eux. Ils m'ont tellement manqué. Je n'arrive pas à leur en vouloir. Je devrais pourtant. Ils m'ont abandonnée, oubliée !

— Ju, ça ne sert à rien de ressasser le passé. Ils sont là à présent et de toute évidence, ils sont prêts à rattraper le temps perdu. Ça ne se fera pas du jour au lendemain, bien sûr, mais ils semblent de bonne foi. Accorde-leur ça.

— Tu as certainement raison. Je crois que j'ai envie de les avoir près de moi à nouveau. J'ai aimé les sentir contre moi tout à l'heure, comme avant.

— Je comprends. Tu sais, je donnerais tout pour que ma mère et mes grands-parents réapparaissent dans ma vie. Laisse-leur une chance. Tu as tout à y gagner, crois-moi. Une famille, c'est précieux.

Elle me sert dans ses bras et nous restons ainsi un instant, assises toutes les deux sur le banc que j'occupais seule, dix minutes auparavant.

Puis, Julia se redresse d'un coup et m'attrape par la main pour que je la suive.

— Viens, ils m'ont dit que ça leur ferait plaisir de te revoir. Ils nous invitent à déjeuner si tu es d'accord.

— Bien-sûr ! Allons-y.

Nous traversons l'allée. Les gravillons craquent sous le poids de nos pas. Etienne et Laurence sont debout sur le perron et regardent dans notre direction. Ils n'ont pas changé vus d'ici : les mêmes silhouettes, les mêmes coupes de cheveux – bien qu'affichant désormais les marques du temps. Ce sont des personnes que j'ai toujours beaucoup appréciées et en qui je voyais les parents que je n'ai jamais eus. Je me sens intimidée et je crois que je suis ravie moi aussi qu'ils soient revenus. Dans la vie de Julia et dans la mienne.

Je me penche légèrement vers mon amie juste avant que nous atteignions les marches du perron.

— Je suis certaine qu'ils tomberont amoureux de ton dompteur des mers, eux aussi !

Cette dernière phrase semble lui redonner confiance. Confiance en elle. En ses parents. En l'avenir.

Chapitre 47

— Tu es certaine de vouloir laisser à Julia la responsabilité de ton enterrement de vie de jeune fille ? Confier cette mission à Lucile ou Valérie aurait été plus sage à mon avis.

Nathan semble vraiment perplexe.

— Ça lui fait plaisir et puis, tu connais son pouvoir de persuasion. Même toi, tu n'as pas su lui tenir tête quand elle t'a menacée de me demander en mariage avant la fin de l'année !

— Comment es-tu au courant de ça ?

Gêné, la tête baissée, il poursuit.

— Et puis, je t'avais déjà demandé ta main de toute façon, mais ça, elle ne le savait pas.

— C'est vrai. Et elle l'ignore toujours d'ailleurs. Quoi qu'il en soit, elle m'a tout raconté et elle est encore persuadée aujourd'hui que c'est grâce à son intervention armée, que tu m'as fait ta demande. Laissons-lui ce plaisir.

Je lui redresse la tête doucement en saisissant son menton et je lui dépose un baiser sur les lèvres.

— En revanche, tu sauras à l'avenir, mon chéri, qu'il ne faut jamais demander à la meilleure amie de sa future femme, de garder un secret !

Quelques jours plus tard

— Ma, ne sois pas ridicule et sors de cette fichue salle de bain une bonne fois pour toutes !

— Niveau ridiculité, fallait y penser avant ! Pas question que je sorte comme ça. Tu as perdu la tête !

— Tu as promis que tu jouerais le jeu, je te rappelle ! Valérie et Lucile sont à côté de moi et elles confirment.

J'imagine qu'elles ne confirment rien de tout en réalité – plutôt gênées pour moi – mais Julia n'a dû trouver que ça pour me faire réagir.

La garce a pensé à tous les clichés. Puissance dix mille. Sinon ce n'est pas drôle et surtout ce n'est pas Julia. Nathan avait raison : confier cette mission à Valérie ou Lucile, aurait été certainement différent. Or, je me doutais bien que Julia userait une nouvelle fois de ses talents pour gérer cette journée de A à Z – y compris les vêtements que je devrais porter –, et qu'elle se ficherait bien de l'avis des autres.

J'ai droit à tout le tralala : un déguisement de la Fée Clochette vert fluo avec des collants en laine blanc, des ailes qui clignotent et une baguette magique, au bout de laquelle la traditionnelle étoile à paillette, a cédé la place à une partie de l'anatomie masculine montée sur ressort, et dont la forme ne laisse pas de place au doute.

Sous le regard amusé de mes traitres de copines, je sors donc de la salle de bain, affublée de toute ma panoplie de la fée-cochonne.

— Tu es splendide Ma. N'est-ce-pas les filles ?

— Euh, tu ne trouves pas que c'est un peu trop voyant, Julia ? se risque Lucile, qui visiblement doit avoir pitié de moi.

— Oh ! Vous n'êtes pas marrantes les filles ! Il faut s'amuser dans la vie. Ma, tu es parfaite ! Allez, on y va.

Pendant le trajet en RER, j'ai vécu un véritable enfer. Tous les passagers me regardaient. À défaut d'avoir pu assumer ces regards moqueurs, j'aurai au moins réussi à faire cracher le morceau à Julia, restée jusque-là muette comme une carpe – je lui ai fait mes yeux de chien battu, ça marche à chaque fois. Au programme donc : déambuler dans les rues de la capitale en plein après-midi de forte fréquentation, interpeler des passants au hasard et mettre en scène une interview avec des questions coquines sur le mariage.

Je vous laisse imaginer quel objet de mon accoutrement remplacera le traditionnel micro.

Contre toute attente, j'ai des crampes à l'estomac tellement j'ai ri. Tout le monde s'est gentiment prêté au jeu et je ne suis pas prête d'oublier ce moment bien chargé en fantaisies.

— Ma, tu es prête pour le clou du spectacle ?
Je m'étonne.

— Ah, parce que mon supplice n'est pas encore terminé ?

— Tu as déjà vu un enterrement de vie de jeune fille sans mecs à poil ?

— Euh, ce n'est pas une obligation non plus !

— Bah évidemment que si ! Suivez-moi les filles. C'est par là. Messieurs, nous voilààààà ! Vous n'êtes pas prêts !

Euh, je les rassure, moi non plus.

Nous traversons quelques nouvelles rues, encore bien trop fréquentées, et nous arrivons devant l'entrée du club de rugby du coin.

Mais qu'est-ce qu'elle a encore prévu bon sang ? Je veux rentrer à la maison !

Précédée de Lucile et Valérie, qui contrairement à moi semblent apprécier ce qu'elles voient, je me dirige vers… Oh non ! Les vestiaires.

Ouf, ils sont vides.

En plein milieu de la pièce, les filles me demandent de piocher une petite carte à l'effigie d'un animal de la ferme et d'en imiter le cri.

— Tu es sérieuse Julia ? C'est quoi encore cette idée à la con ?

— Ah, celle-ci n'est pas de moi !

Je regarde en direction des deux autres et je comprends à sa manière de regarder le sol, que Lucile n'est pas innocente dans cette affaire.

— C'est lors d'une dernière partie de Memory avec Louis que j'ai eu l'idée ! se défend-elle d'une toute petite voix, pensant sans doute que ça va la sauver.

Mais je ne lui en veux pas. Après tout, c'est vrai, amusons-nous ! Je continue malgré tout de faire semblant de bouder et je pioche une carte. Je la retourne et… Je vous le donne en mille… Un canard ! Comme par hasard.

Soudain, des voix masculines résonnent à l'entrée des vestiaires.

— Il faut se tirer de là ! hurlé-je.

— Ça va pas, c'est maintenant que les choses sérieuses commencent. Personne ne bouge d'ici ! répond une Julia surexcitée.

On se retrouve vite encerclées par des mâles aux corps musclés, qui ne tarissent pas d'éloge sur mon déguisement. Je ne sais plus où me mettre. Je tente alors un demi-tour, mais ces garces me rattrapent par l'élastique de ma jupe en tulle qui pète aussitôt. Je me retrouve rien qu'en juste-au-corps et collant, à ne pas savoir quoi faire du bout de tissu qui n'a pas résisté à leur poigne. Elles sont mortes de rire. Et les joueurs aussi.

Moi pas. La honte.

Julia, qui arrive à peine à aligner deux mots, se rapproche de moi.

— Bon Ma, il s'agirait de remplir ta dernière mission maintenant !

Punaise, elle ne lâche jamais l'affaire. Tant pis, pas le choix, je me lance.

C'est donc au milieu de toute cette testostérone que je braille des coin-coin ridicules – même Louis aurait fait mieux que moi – et à mon grand étonnement, mon auditoire se montre très démonstratif à l'issue de ma représentation. Sifflets et applaudissements emplissent la pièce.

Tout à coup, trop concentrée auparavant sur la qualité de ma prestation, je réalise que j'ai migré sans m'en apercevoir, dans les douches.

Et ils sont tous à poil !

J'en ai encore les ailes et le bout de ma baguette qui frétillent.

Nous sommes rentrées enchantées.

Quant à Nathan, il passait le week-end en Normandie. Son père lui a organisé une petite surprise avec d'anciens collègues de travail. Au programme : un après-midi au casino de Deauville pour une partie de poker et du champagne à gogo – Charles se sera contenté d'une seule coupe afin d'assurer le trajet en voiture qui les séparait d'Étretat –, puis une soirée dans un bar à sushis ou peut-être un bar à strip-tease… Je n'ai pas bien compris, il y avait trop de bruit lorsqu'il m'a téléphoné. *Ouais ou alors, tu étais trop occupée à reluquer les rugbymen en train de se savonner !* C'est une éventualité en effet, Jiminy.

Bref. Il est revenu enchanté lui aussi.

Le mariage approche à grands pas et nous terminons les derniers préparatifs : la validation du menu et la confirmation du nombre de convives. Les parents de Nathan arriveront quelques jours avant la cérémonie et pour des raisons évidentes, ils logeront chez Lucile.

Dans la semaine, j'ai prévu une petite virée avec Julia pour les dernières retouches de ma robe. Je ne mange que des trucs verts cuits à l'eau, depuis deux semaines. Je vais me transformer en grosse pousse d'épinards à la longue. Si seulement tous ces efforts payaient sur la balance – elle déconne toujours –, j'accepterais même de ressembler à un brocoli. D'ailleurs, j'espère que cette comparaison ne va pas me porter la poisse. J'ai rendez-vous demain chez la coiffeuse pour des essais et je voulais lui demander de me friser les cheveux. Une soudaine envie de changement.

Mais est-ce vraiment la meilleure occasion pour le faire ?

Je pense que je vais m'abstenir.

Un bon vieux chignon, laissant tomber quelques mèches désinvoltes sur les côtés de mon visage, manquera cruellement d'originalité, mais sera parfait et me ressemblera davantage.

Chapitre 48

— Mademoiselle Marion Éléonore Martin, consentez-vous à prendre pour époux, Monsieur Nathan Pierre Joubert ici présent et blablabla, jusqu'à ce que la mort vous sépare ?

Punaise c'est une expression qui aurait de quoi faire baliser les plus superstitieux d'entre nous. Franchement, même si la mort fait partie de la vie, c'est quand même un peu limite de parler de ça un jour aussi joyeux, non ?

Je prends ma plus belle voix et me retiens de pleurer comme une madeleine.

— Oui, je le veux.

— Monsieur Nathan Pierre Joubert, consentez-vous à prendre pour épouse, Mademoiselle Marion Éléonore Martin ici présente et blablabla, jusqu'à ce que la mort vous sépare ?

J'espère pour toi qu'il va dire oui, sinon tu vas passer pour une pauvre malheureuse que tout le monde va prendre en pitié. Quelle femme mérite d'être larguée le jour de son mariage ?

Oh la ferme !

Merde, j'ai encore parlé à haute voix. Tout le monde me regarde, interloqué. Même le curé.

Désolé, respire, ça va aller !

— Tout va bien, c'est… c'est juste le stress. Excusez-moi. Mon chéri, à toi l'honneur.

— Oui, bien sûr que je le veux !

Ouf ! Sauvée de la pire honte de ma vie (si l'on oublie la baleine à bosse).

J'embrasse tendrement mon mari.

Débordante d'émotions, je m'autorise une courte pause pour admirer l'intérieur de l'église. Ses vitraux sont gigantesques et somptueusement colorés. J'aime cette odeur d'encens et ce calme ambiant – si l'on fait abstraction des sifflets et autres applaudissements qui résonnent dans la bâtisse. Je me retourne vers la petite assemblée assise derrière nous sur des bancs en bois parfaitement alignés. Ils ont tous répondu présents à cette invitation – que certains ont considéré comme légèrement précipitée. Mais lorsqu'il y a des évidences aussi évidentes, pourquoi attendre, n'est-ce pas ?

Je les regarde un par un : Charles et Linda, mes adorables beaux-parents ; Lucile, ma magnifique belle-sœur ; Julia et Damien, plus amoureux que jamais ; Valérie, Bruno et Théo, la famille parfaite ; Laurence et Etienne, qui ne lâchent pas leur fille d'une semelle ; et bien entendu Louis, qui semble être le plus heureux du monde.

Fier comme un coq, il s'avance vers nous tenant les alliances dans ses petites mains avec beaucoup de concentration. Nous procédons à l'échange des anneaux et prononçons chacun quelques mots, griffonnés pour ma part une demi-heure plus tôt sur le verso d'un prospectus sur la profession de foi, que j'ai chipé discrètement en entrant. Nathan semble lui aussi s'y être pris au dernier moment et avoir eu la même idée que moi, si j'en crois le morceau de papier intitulé « L'église *New Age* » qu'il sort de sa veste et déplie soigneusement.

Malgré ce manque certain de préparation, nous nous en sortons pas trop mal. Tout le monde sanglote.

Valérie et Julia sont magnifiques dans leur robe en satin bleu marine avec le boléro manches longues en moumoute assorti – indispensable en cet après-midi de décembre qui dépasse à peine les douze degrés. D'un revers de main discret, elles essuient les larmes qu'elles ont laissé échapper. Je les regarde avec tendresse. Je reste un moment à observer ma meilleure amie et je me surprends à prier – le lieu est propice à cela non ?

« Seigneur, fais qu'elle connaisse un jour le même bonheur que celui qui m'est offert de vivre depuis bientôt un an. Elle le mérite. Et fais que *son* Damien se rende compte assez vite qu'elle est celle qu'il lui faut, afin que l'on puisse célébrer un nouveau mariage l'année prochaine. Amen ».

La cérémonie est maintenant terminée.

Nous quittons la petite chapelle les derniers et une jolie haie d'honneur nous attend. Nos amis et notre famille ont pensé à tout, même aux grains de riz dont quelques-uns auront réussi à se faufiler jusque dans mon soutif. Ça me gratte !

Une ou deux séries de *Hip hip hip houra* plus tard, je me prête alors à un petit jeu qu'il est coutume de voir dans de telles circonstances – nous voulions un mariage sans chichi, pas sans tradition.

— Vous êtes prêtes les filles ? Un, deux, trois...

Seules les célibataires peuvent tenter leur chance. Lucile et Julia ont donc retiré leur talons hauts et s'apprêtent à s'élancer, la tête levée vers le ciel.

Mon bouquet de pivoines rose pâle rappelle la décoration chic et sobre qui orne la table de réception du dîner. Les propriétaires de « L'Auberge des saveurs », furent touchés par notre volonté d'honorer notre mariage dans leur établissement. Ils acceptèrent sans difficulté, contraints néanmoins d'annuler et reporter quelques réservations déjà notées. Rien ne les y obligeait et nous les remercions chaleureusement.

Tout le personnel est aux petits soins.

Il n'y a pas de grand banquet, ni de plat mis sous cloche et encore moins de serviette en soie sauvage qu'on n'ose à peine salir. Seule une élégante table ronde est joliment dressée pour accueillir ses treize convives. Au-dessus d'elle, s'élève un arceau garni d'un dense feuillage pastel et de fleurs fraîches affichant elles aussi de jolis tons clairs.

Treize convives ?

Je n'avais pas réalisé cela avant aujourd'hui, mais peu importe. Je ne crois pas à ces balivernes superstitieuses. Je suis de celle qui peut passer sous une échelle, briser un miroir ou croiser un chat noir, sans que cela ne la formalise pour autant.

Pourquoi ça changerait aujourd'hui ?

Chapitre 49

Ma robe est splendide. Je l'ai dénichée sur les conseils de Julia dans une de ces boutiques qu'elle affectionne tant. Celle-ci était spécialisée dans les tenues et accessoires de seconde main. Les pièces d'occasion ont le gros avantage d'être bien plus accessibles. Evidemment chaque modèle est nettoyé et raccommodé afin de lui redonner son apparence d'origine et ainsi bluffer même les plus incrédules.

Chaque robe au-dessus de la taille 40 était vendue avec une espèce de gaine amincissante que Julia tenait absolument que je prenne.

— Si tu ne veux pas ressembler à un rôti, saucissonnée dans ta belle robe sirène, tu n'as pas le choix !

Trois heures plus tard, nous quittions le magasin les bras chargés de sacs à l'effigie de la boutique.

Dans l'un d'eux, attendaient sagement ma robe en taille 42 et ma gaine en taille 38. Cherchez l'erreur !

Les bouchées et autres délices prévus pour l'apéritif, remportent le plus grand succès. La dégustation de vins qui les accompagne, fait aussi très bonne impression.

Louis et Théo, prouvent, par leur attitude exemplaire, que toutes nos recommandations du début de journée, ont été parfaitement assimilées. Au bout d'un moment, impatients de déguster leur burger au cheddar et frites de patate douce maison, ils lancent en chœur :

— À taaaaaaaable !

Amusés par cette interruption spontanée, nos invités s'activent à rechercher leur prénom sur les petits chevalets disposés devant chaque assiette.

Voilà quelques minutes à peine que nous sommes installés autour de la table, et ma gaine commence déjà à me scier le ventre en deux. J'avais bien dit à Julia qu'il me fallait la taille au-dessus. Bon sang ! Il faut toujours qu'elle n'en fasse qu'à sa tête ! *Et toi, il faut toujours que tu lui obéisses. Quand est-ce que tu vas commencer à t'affirmer ma vieille ?* Je ne sais pas. Il faut croire que ça me plaît.

Je dois la retirer sans tarder. Tant pis pour le ventre plat, je demanderai discrètement au serveur de troquer mon filet mignon aux cèpes contre de la laitue sans vinaigrette.

Je prétexte donc un besoin de me repoudrer le nez. Je me lève et je dépose un tendre baiser sur le coin des lèvres de mon mari. *Mon mari.* Ça fait tout drôle.

Madame Marion Joubert ? Oui c'est moi !

Avant de me diriger vers les toilettes, je fais signe à Julia et Lucile de m'accompagner. On ne sera pas trop de trois pour m'extirper de là-dedans !

Nous y sommes.

— Tu es prête ? À trois, on tire chacune d'un côté et toi tu te penches en avant ! entreprend Julia.

Heureusement que nous avions pris soin de fermer la porte à clé – tant pis pour les autres – car ma position actuelle ne mérite pas d'être vue par n'importe qui. *En effet, c'est le moins qu'on puisse dire. Je ne sais même pas dans quel sens te regarder.* Jiminy, quand est-ce que tu vas arrêter de commenter chacune de mes pensées ? *Je le ferai à chaque fois que tu penseras un peu trop fort Marion !* Pfff !

Je respire calmement et bizarrement ça finit par glisser tout seul.

Nous rejoignons les invités à table. Les entrées sont servies. Je dois reconnaître que je n'ai pas tout à fait la même allure dans ma robe mais je me dis qu'une fois assise, personne n'y fera attention. Je redoute malgré tout le retour à la maison, car les mains baladeuses de mon cher et tendre finiront sans aucun doute par se poser sur mes petits bourrelets libérés délivrés. *Il les connait déjà, t'inquiète !*

Au moment où nous nous asseyons, Nathan, lui, se lève, une coupe de champagne à la main.

— Je voudrais porter un toast.

Porter un toast. Quelle étrange expression. Vous nous imaginez en train de brandir une tranche de pain grillé au lieu d'une coupe de champagne ? *Il n'y a vraiment que toi pour réfléchir à des trucs pareils.* Avoue que ce serait drôle quand même, Jiminy ! *Mouais, non.*

Nathan est vraiment très séduisant dans son beau costume bleu marine (c'est la couleur phare de notre mariage, en souvenir du dernier mois d'août j'imagine). Je le regarde amoureusement. Mon mari s'apprête à porter sa biscotte.

— Tout d'abord, je tenais à tous vous remercier très sincèrement d'avoir été les témoins de cette union aujourd'hui. Papa, Maman et Lucile, je vous remercie de m'avoir suivi dans cette aventure sans jamais me juger, et de m'aimer comme vous le faites. Je vous aime aussi énormément.

Les mouchoirs ressortent de plus belle et j'ai comme le présentiment que je ne vais pas tarder à en avoir besoin d'un.

— J'aimerais à présent m'adresser à ma superbe épouse, Marion. Un soir à la maison, tu m'as demandé pour quelles raisons j'ai été attiré par toi la toute première fois, et ma réponse ne t'a pas totalement satisfaite. Tu t'en souviens ?

Sa voix résonne dans ma tête.

— Absolument !

— Au risque de te déplaire mon amour, je suis toujours persuadé qu'il y a des choses qui se ressentent, plus qu'elles ne s'expliquent.

— Ah non, ne te défile pas cette fois !

— Tu devras te contenter de ce qui va suivre. C'est d'accord ?

— C'est d'accord.

Tous nos invités restent silencieux et suspendus à ses lèvres… et moi aussi.

— Marion. Je voulais tout simplement te dire merci. Merci d'être réapparue dans ma vie alors que je pensais ne plus jamais te revoir. Merci de me donner chaque jour l'envie de vivre à tes côtés encore et encore. Merci pour tes blagues nulles qui ne cessent de me faire rire. Merci pour ta simplicité qui me rappelle pourquoi je t'ai choisie il y a si longtemps. Merci d'être qui tu es tout simplement. Je t'aime plus que tout.

Je tamponne doucement mes larmes à l'aide de mon mouchoir. En effet, la soirée n'est pas encore terminée et je compte bien garder un peu de maquillage – celui que Julia s'est appliquée à faire le matin même. Nathan m'a bouleversée, comme à chaque fois qu'il emploie ces mots chargés de sincérité. Ces mêmes mots qu'il a utilisés dans sa lettre et qui, sans aucun doute, sont l'une des raisons qui explique que je ne lui en ai jamais réellement voulu – si l'on oublie ma réaction à chaud.

Puis, il s'adresse à Louis.

— Quant à toi mon bonhomme, je ne serai certainement pas parfait dans ce rôle de papa que je n'imaginais pas devoir remplir il y a de ça moins d'un an, mais je te promets que je ferai de mon mieux pour que ta maman et toi ne manquiez de rien. Je t'aime fort.

Avant de ne plus pouvoir prononcer un seul mot, je me lève à mon tour et prend la parole.

— Merci mon amour pour ce beau discours, tu sais déjà tout le bien que je pense de toi. Je t'aime éperdument. Je suis si fière de porter ton nom et tellement heureuse que le destin s'en soit mêlé. Tu l'avais déjà sous-entendu lors de notre toute première discussion devant ma porte… Je te remercie de me faire vivre ce conte de fée. Merci également à vous tous d'être ici aujourd'hui. Vous êtes ma seule famille et je vous aime beaucoup moi aussi. L'annonce de ce mariage a déboulé dans vos vies respectives et aura probablement chamboulé vos plans pour ce weekend, mais vous avez tous répondu présents et ça prouve bien quelque-chose.

— Ça, c'est le moins qu'on puisse dire Ma ! Avec Damien nous devions fuir l'hiver parisien et profiter d'un long weekend romantique au soleil. Mais tu sais bien que je ne peux rien te refuser. Je t'aime ma vieille. Et félicitations à tous les deux.

— Merci. Je t'aime Ju.

C'est au tour de Lucile de faire tinter son couvert sur le rebord de son verre pour attirer l'attention. Je me doute de qu'elle se prépare à faire et je suis fière d'elle.

— Euh, bonsoir. Avant que cet élan d'assurance ne me quitte trop rapidement, je souhaiterais dire quelque chose moi aussi.

Elle avale sa salive plusieurs fois et se lance, sous le regard surpris et attentif de sa famille.

—Je voudrais dédier ces mots à mon frère, Nathan. Tu sais que je ne suis pas la meilleure pour exprimer mes sentiments, et ce depuis que je suis toute petite. Mais aujourd'hui, je vais prendre sur moi car c'est maintenant plus que jamais que tu as certainement besoin de les entendre. Je t'aime énormément mon frère, mon double. Sache que je suis comblée grâce à toi. Je te remercie d'avoir fait entrer dans ma vie une adorable belle-sœur et un petit neveu qui l'est tout autant. Je vous souhaite le meilleur à venir pour tous les trois. Je vous aime.

Je regarde mon mari qui ne parvient pas à cacher sa profonde émotion. Je ne peux imaginer ce que ces mots provoquent en lui. Sa sœur jumelle, d'ordinaire si peu démonstrative, vient de lui envoyer une belle gifle.

Mon regard se tourne ensuite vers Charles et Linda et, parce que je suis parent moi aussi, j'imagine sans difficulté à quel point ils doivent être fiers de leur fille, de leurs deux enfants. Même les employés, qui ont interrompu momentanément leur service, sont en larmes et applaudissent. Puis l'un d'eux nous invite à passer à la dégustation des plats. Je me souviens que je voulais du poisson et Nathan de la viande. Nous nous sommes accordés sur un menu terre-mer pour ne froisser ni l'un ni l'autre. Tout le monde s'est régalé et la soirée s'est poursuivie dans la joie et la bonne humeur.

L'exemple du menu, décrit assez bien ce qu'est ma vie avec Nathan : des concessions mutuelles à chacune des décisions que nous devons prendre. Même pour les plus banales. Par exemple, le prénom du chien que nous adopterons une fois installés dans notre chez nous, sera Charbon. La fusion de Charlie – mon idée – et de Bonbon – la sienne et celle de Louis. Du coup, on essaiera d'en choisir un avec un pelage noir, sinon tant pis, nous passerons pour des originaux.

En même temps, nous nous sommes mariés en décembre alors…

Chapitre 50

Lors d'une dernière soirée en tant que Monsieur Joubert et Mademoiselle Martin, nous avons révélé à nos proches la véritable histoire de notre première rencontre, ainsi que sa belle conséquence neuf mois plus tard.

Nous ne pouvions tout de même pas leur cacher indéfiniment. Et puis, la ressemblance de plus en plus frappante entre Louis et Nathan commençait à éveiller sérieusement les soupçons. Surtout ceux de Lucile qui, à mon avis, faisait semblant depuis le début de ne pas l'avoir compris. De toute façon, elle n'aurait pas su tenir sa langue si elle l'avait appris avant tout le monde. De ce côté-là, Julia et elle sont les mêmes. Quoique ce secret-là, mon amie ne l'a jamais révélé.

Nous avons bien-sûr évoqué la soirée parisienne puis le destin qui a choisi de nous remettre sur le même chemin – et ce n'est d'ailleurs qu'à ce moment-là que ma place de parking entre en jeu. En effet, chacun pensait dûment qu'elle était le point de départ de toute cette aventure.

Tous, ont pris ces révélations avec beaucoup de bienveillance et de respect. Même Louis, qui pour son âge, a fait preuve d'une grande maturité. Ça nous a surpris. Avant tout pour les protéger, beaucoup de parents ont parfois tendance à prendre leurs enfants pour de petits êtres fragiles incapables de comprendre « les trucs de grands ». Nous sous-estimons leur capacité d'analyse et de discernement. Parlons-leur simplement, et très souvent ça fonctionne. C'est ce que nous avons tenté de faire en tout cas. Et Louis nous a tout naturellement répondu qu'il était « super content » que Nathan soit son papa.

Et voilà. Que souhaiter de mieux ?

Bien évidemment, nous avions tout de même fait l'impasse sur certains détails « de grands ».

Chapitre 51

Le seul avantage que Nathan trouve à cohabiter avec sa sœur et moi – car nous pouvons effectivement considérer notre relation comme une cohabitation –, est d'avoir son linge propre plié dans l'armoire, de quoi manger dans son assiette, et une oreille attentive après une dure journée de travail.

Non, je déconne.

Vous avez sérieusement cru que je pouvais tomber amoureuse et épouser un type pareil ? Nathan n'est pas ce genre d'homme macho à l'esprit étriqué, qui croit dur comme fer que les obligations dans une maison sont réparties en fonction du sexe de celui qui les assume : Monsieur bricole et tond la pelouse, Madame s'occupe de tout le reste. Pas du tout. Notre quotidien est tout simplement géré à deux et de manière équitable. Voire parfois à trois, quand Louis veut donner un petit coup de main. Ou encore à quatre, quand Lucile se montre têtue et ne respecte pas notre récent contrat de famille.

En effet, ce dernier l'autorise à nous rendre service au maximum, une fois par semaine. Et si l'envie lui prend de recommencer alors que ce mince quota est déjà atteint, elle devra sortir s'amuser à la place. Avec des collègues, des voisins ou le jeune épicier d'en bas, peu importe, mais elle sortira. D'ailleurs, entre nous, elle m'a confié l'autre jour qu'elle le trouvait plutôt séduisant le vendeur de légumes. Depuis cette confession, je ne cesse de la solliciter pour descendre m'acheter deux ou trois bricoles oubliées dans mon panier de courses. J'ai rédigé un avenant à notre contrat initial pour être plus crédible.

Elle l'ignore encore, mais hier j'ai glissé un mot dans la boîte aux lettres de l'épicerie, avec pour seule indication sur le dessus « Léon ». La lettre est bien entendue signée de la locataire du 34B.

Un sentiment de déjà-vu ? Oui, moi aussi. La vie est un éternel recommencement.

Chapitre 52

— Marion, j'en ai assez d'enchaîner les allers et venues d'un appartement à l'autre, de perdre systématiquement toutes mes affaires et de souffrir d'un mal de dos terrible à cause du matelas en carton de ton canapé.

Nathan ne s'est même pas encore débarrassé de ses affaires, qu'il me balance ça sans préambule, à peine rentré du travail.

— Euh, bonsoir mon chéri, tu as passé une bonne journée ?

— Oui pardonne-moi. Je n'ai pas cessé de ruminer aujourd'hui et je ne pouvais plus attendre.

— D'accord. Et alors ?

Nathan n'aura pas eu à beaucoup insister pour me convaincre de lancer officiellement les recherches. Il est temps à présent de trouver notre chez nous.

Contrairement au prénom du chien ou au menu du mariage, cette fois-ci, aucune concession ne sera nécessaire. Nous tombons vite d'accord sur quelques points indéfectibles.

— Nous sommes bien d'accord ? Au moins cinquante mètres carrés de plus, deux belles chambres, dont une suite parentale avec un lit King Size ultra confortable, une grande baignoire d'angle avec plein de jets pour Louis, et une vue sur le parc aux grands chênes.

— Parfaitement d'accord mon chéri.

Ce que je me garde bien de lui préciser, c'est que c'est essentiellement ce dernier point qui m'importe le plus.

Parce que jamais je ne pourrais me résoudre à quitter mes amis aux doigts palmés.

Chapitre 53

16 h 00. Le clocher de l'église au loin, vient de terminer sa courte symphonie.

L'agent immobilier s'avance vers nous d'un pas décidé et affiche un grand sourire sur ses lèvres fines, presque invisibles. Nathan, Louis et moi, nous tenons face à l'immeuble – l'adresse nous a été communiquée quelques heures avant le rendez-vous. La façade de style Haussmannien a été récemment rénovée et les balcons affichent fièrement leurs balustrades flambant neuves. Le bâtiment est, en toute objectivité, le plus remarquable de toute la rue. Le commercial, qui semble avoir du mal à respirer tant sa cravate lui serre le cou, tient un trousseau de clés et un dossier entre ses mains.

Il tend vers nous une main déterminée.

— Monsieur et Madame Joubert, bonjourAN. Christophe Camus, enchantéAN. C'est moi qui vais m'occuper de la visitAN. Vous avez trouvé facilement ?

D'abord surpris par ses manières, nous nous regardons furtivement, puis nous lui répondons par l'affirmative. Le trajet en voiture ne nous aura pris que quinze minutes et nous n'avons rencontré aucun problème de stationnement.

Un premier bon point.

Un bras levé et du bout de son index tendu, il désigne un appartement situé au deuxième étage.

— Voici votre futur chez vousAN !

Il est plutôt confiant cet homme-là. Il s'agit sans doute d'une stratégie commerciale afin que les potentiels acquéreurs soient conditionnés avant de pénétrer dans le bien. Peu importe, nous sommes déjà totalement séduits par l'extérieur.

La rue est étonnamment calme pour un axe qui dessert cette partie du centre-ville. Certes, elle est à sens unique, mais je suis malgré tout surprise – agréablement, soyons honnête – par ce silence qui règne en ce samedi après-midi. Je profite du fait que notre guide soit en grande discussion avec Louis – il galère surtout à décrypter l'histoire qu'il est en train de lui raconter –, pour me pencher vers Nathan et lui faire part du fond de ma pensée.

— À ton avis, il a soudoyé tous les propriétaires de l'avenue pour qu'ils restent chez eux sans faire un bruit et n'utilisent pas leur véhicule pendant toute la durée de la visite ?

— Mais où tu vas chercher des idées pareilles ? me répond-il en souriant.

— Tu sais, parfois, il y en a qui sont prêts à tout, surtout lorsque des milliers d'euros sont en jeu !

— Détends-toi ma chérie, tu veux.

— Oui, mais j'ai envie que tout soit parfait.

— Ça le sera, fais-moi confiance.

Nathan a été informé de la vente de cet appartement en avant-première, par un parent d'élève dont l'épouse était l'assistante de vie du propriétaire des lieux, décédé subitement il y a moins d'un mois. Les enfants de ce dernier, n'ont pas souhaité récupérer le moindre meuble et, de toute évidence, ont hâte de se débarrasser de tout ce qui a appartenu à leur défunt père – à commencer par son trois pièces, situé en plein cœur de la rue la plus prisée du secteur. Chaque histoire de famille est singulière et nous ne pouvons pas nous permettre de la juger. Mais c'est quand même triste d'en arriver là.

Il semblerait que le vieil homme ait légué une importante partie de ses effets personnels à la personne qui l'aidait au quotidien depuis des années – la femme du collègue de Nathan.

Dès le grand hall du rez-de-chaussée, nous sommes subjugués par cet endroit si surprenant, mêlant le charme de l'ancien avec ses murs en pierre, et une note plus contemporaine avec son imposant lustre industriel et sa cage d'ascenseur entièrement vitrée – il s'agira d'éviter tout rapprochement charnel dans celui-là, sous peine d'être vus de tous nos potentiels futurs voisins.

Nous quittons la cabine transparente au deuxième étage. C'est le dernier. Notre préféré. Celui qui nous permet de profiter d'une vue dégagée sur les toits et admirer les paysages alentours.

Un long couloir nous accueille. L'étage ne compte que quatre appartements dont l'aspect élégant et qualitatif des portes, donne le ton pour la suite. L'agent s'immobilise devant celui du fond.

— C'est iciAN. Je vous en prieAN.

Je vais lui faire bouffer ses fins de phrases à celui-là ! C'est insupportable ! J'ai eu le malheur de me focaliser dessus et je n'entends plus que ça maintenant !

Nous entrons.

Il paraît que l'acheteur sait généralement dans les quatre-vingt-dix premières secondes s'il va signer ou pas.

Il ne m'a jamais été donné de voir un endroit aussi soigné, élégant et bien aménagé. Le pauvre homme devait indubitablement prendre soin de ses affaires. Quel dommage que certains de ces joyaux n'aient pas trouvé preneurs au sein de la famille. Un peu par égoïsme, je me satisfais de pouvoir les garder – le bien est vendu entièrement meublé.

De belles armoires et grands buffets ornent la pièce dans laquelle nous nous trouvons. La luminosité traversante est impressionnante, même en cette fin d'après-midi d'hiver. Je n'ose toucher à rien – un peu comme sur le Yacht de Damien, à la grande différence que Monsieur Camus, n'a pas l'intention de me faire la peau. Au lieu de ça, il nous encourage à prendre possession des lieux et à apprivoiser chaque pièce, tout au long de la visite. Louis s'en donne à cœur joie : il n'épargne aucune porte de placard, aucun interrupteur et autres tiroirs qui se trouvent à sa portée. Je lui demande de calmer un peu.

Tout est somptueux et décoré avec goût. Habituellement, la première chose que chacun s'empresse de faire lors d'un emménagement, est d'apporter sa touche personnelle. Ici, c'est comme si tout avait été pensé, imaginé selon nos attentes, nos envies. Je regarde Nathan. Il est conquis. Le sourire qu'il me renvoie ne trompe pas. Malgré cette inexplicable sensation de me sentir déjà chez moi, il reste tout de même un dernier point que je dois vérifier.

La visite terminée, nous nous asseyons sur les fauteuils du salon judicieusement placés pour profiter de la vue, dont l'agent immobilier ne cesse de vanter les mérites.

— La vue est splendidAN, n'est-ce pasAN ? Qu'en pensez-vousAN ?

Afin d'en apprécier les privilèges de plus près, je me colle à la grande fenêtre – à défaut de lui en coller une à lui – et je souris en devinant au loin la clôture métallique et la cime de ces grands arbres si reconnaissables. Le parc est situé à quelques centaines de mètres à vol d'oiseaux… palmés.

Cet appartement, que nous pouvons sans mal qualifier de *tombé du ciel*, coche irrémédiablement toutes les cases.

Une contre-visite quelques jours plus tard, juste pour la forme, n'aura fait que confirmer ce que nous considérions déjà comme une nouvelle évidence. Ce jour-là, voici les derniers mots de Monsieur Camus :

— Je suis vraiment ravi pour vousAN. Je vous laisse à présent entre les mains du notairAN. Bonne continuation et au plaisirAN.

Punaise, il ne va pas me manquer celui-là !

Le rendez-vous pour la signature de l'acte est prévu dans deux mois. Nous pourrons envisager un emménagement définitif avant le prochain printemps. Nathan léguera l'ensemble de ses meubles – ceux retenus prisonniers dans le local qu'il louait depuis son retour – à une œuvre caritative

J'ai tellement hâte de construire notre nouvelle vie à trois, avec nos nouveaux repères. Bien que nous ayons déjà commencé à bâtir de solides fondations, il reste encore du chemin à parcourir. Certainement des épreuves à traverser aussi – qui n'en a pas – et une routine parfois ravageuse que nous devrons combattre afin qu'elle ne nous grignote pas à petit feu.

Je compte sur mon mari, mon fils et ma nouvelle famille pour cela. Ils contribuent tous à leur manière à rendre mon existence meilleure.

Et je n'ai pas l'intention d'y changer quoi que ce soit.

Chapitre 54

Il est minuit moins quelques minutes.

Dans le respect de notre tradition, la soirée du réveillon se passe chez Julia. Désormais, elle ne vit plus seule dans son grand appartement et rend visite à ses parents chaque dimanche midi – son deuxième rituel de la semaine. Elle retrouve progressivement sa place au sein de ce trio qui lui avait tant manqué.

Il y a quelques jours, Damien a définitivement quitté le soleil du sud pour rejoindre celui un peu plus rare de la capitale. Il dit le retrouver dans les yeux de Julia. Niveau gnangnantitude, ils en sont toujours au même stade, mais dieu merci, Julia a retrouvé tous ses neurones.

Mon amie flotte à son tour sur un petit nuage, mais cela ne lui donne pas envie de plonger à poil dans l'étang, elle. Dorénavant, elle ne veut plus entendre parler d'aventures sans lendemain. Ses virées sur la côte et la décision de Damien de tout quitter pour la rejoindre, l'ont littéralement transformée. Au fait, pour ceux qui se poserait la question, c'est elle qui a attrapé mes pivoines en plein vol. Ma prière aurait-elle été entendue ?

Cette année, pas de prénom composé, pas de patron lourdingue ni de bourgeoise à la tenue aguicheuse et pas de serveur non plus. D'ailleurs, j'ai obtenu des nouvelles de Thomas. Il est sorti major de sa promo et s'est installé récemment avec sa compagne en province. D'après Julia, il n'aurait gardé aucun souvenir de ma pathétique démonstration de Docteur Jekyll et Mister Hyde.

Non. Rien de tout ça. Seulement nous.

Treize inconscients qui se plaisent à défier le mauvais sort, tous assis autour d'une même table à partager leurs doutes, des fous rires et les souvenirs communs qu'il se sont créés au fil de ces douze derniers mois.

Je les regarde. Je les aime. Tous. Ils sont ma famille et chacun d'eux occupe désormais une place importante dans ma vie. Dans cette vie que je n'aurais jamais cru avoir le droit de vivre un jour. Je pense à ma mère et à mes grands-parents, ainsi qu'aux mots que Nathan m'a gentiment dit lors de notre première soirée au restaurant. Et ce soir, s'ils me voient, j'espère de tout cœur qu'ils sont fiers de moi.

On sonne à la porte.

Tiens, mais qui ça peut bien être ?

Julia, dans la confidence, nous abandonne un instant dans le salon et va ouvrir la porte. Elle revient quelques secondes plus tard, accompagnée de l'invité mystère.

— S'il vous plaît ! Chacun se demandait tout à l'heure à qui été réservé ce couvert supplémentaire.

Bah, je vous présente le coupable !

— Euh, bonsoir à tous.

Léon a manifestement trouvé le message dans sa boîte aux lettres. Il s'est mis sur son trente-et-un. Il est méconnaissable dans son costume et je dois admettre que Lucile a bon goût. Au-delà de sa tenue de travail d'ordinaire si peu attrayante, elle a su déceler en lui un potentiel que je n'imaginais pas.

Le jeune homme est intimidé et avance d'un pas hésitant. Lucile, qui s'est levée pour l'accueillir, semble à la fois émue et quelque peu embarrassée elle aussi. Rapidement, la gêne se dissipe et les deux tourtereaux tentent un rapprochement qui, aux yeux des plus expérimentés d'entre nous, pourrait paraître malhabile mais extrêmement touchant.

Du haut de ses 25 ans – Lucile les a toujours préférés plus jeunes –, il rabaisse un peu la moyenne d'âge des convives autour de la table. Nous sommes tous heureux d'être les témoins de ce qui ressemble aux prémices d'une nouvelle idylle. Je suis assez satisfaite d'avoir forcé le destin pour ces deux-là et j'espère de tout cœur que tout ce petit stratagème permettra à ma formidable belle-sœur d'être heureuse à son tour. J'en connais un qui me dirait *« Mais de quoi tu te mêles ? »*.

Où est-il d'ailleurs ? Ce silence ne lui ressemble pas.

Contrairement à l'année dernière, où Julia n'avait pas lésiné sur les plateaux en argent et autres artifices qui brillaient et pendouillaient de partout, la décoration est sobre et épurée. Seuls de simples couverts et des assiettes blanches ornent la nappe en lin clair, et un magnifique bouquet de fleurs fraîches – offert par Damien – occupe le grand vase déposé au centre de la table.

Le décompte est à présent terminé.

Nous trinquons, réunissant bruyamment nos verres au centre de la table pour fêter la nouvelle année. D'ailleurs, quand on y pense, ne devrait-on pas fêter l'année qui vient de s'écouler, plutôt que celle qui n'a pas encore commencé ? Comment peut-on fêter quelque chose qui n'existe pas encore ? Nous soufflons bien nos bougies qu'une fois que nous avons validé notre année de plus au compteur, n'est-ce pas ?

En plein milieu de cette réflexion sans grand intérêt, je m'étonne une nouvelle fois que Jiminy n'intervienne pas. Il s'est probablement décidé à me ficher la paix pour de bon. Il se dit peut-être avoir terminé sa mission. Celle de me guider dans mes choix jusqu'à ce que je trouve un équilibre – mon équilibre – et les réponses aux questions que je me posais. Il n'y aura pas toujours mis les formes et se sera surtout montré très indiscret, mais c'est idiot, je commençais à m'habituer à ses irruptions intempestives dans ma tête.

Elle va me manquer la sauterelle.

Je me remémore tout ce que j'ai vécu cette année et je ne regrette absolument rien. Je fais le vœu tout simplement, que ces nouvelles pages blanches se remplissent d'autant de moments d'émotions, de rencontres et de parties de rigolade que celles qui viennent de se refermer.

Je n'y croyais plus, et comme on dit : la roue a fini par tourner.

Si vous me permettez un petit conseil – il vaut ce qu'il vaut : laissez le passé douloureux derrière vous et utilisez ses blessures pour avancer. Gardez les yeux grands ouverts pour ne manquer aucun signe que la vie vous envoie. Ne les ignorez surtout pas, même si votre Jiminy vous met des bâtons dans les roues ou si vous avez un peu trop forcé sur l'alcool.

Un an plus tard

Nathan gare la voiture devant la maternité. J'ai les mains moites. Je me sens anxieuse. Pourquoi je me mets dans un état pareil ? Je n'en suis pourtant pas à mon coup d'essai.

Nous franchissons les portes automatiques et entrons dans le grand hall d'accueil. L'hôtesse nous indique le quatrième étage.

L'ascenseur est sur notre gauche.

Avant d'y pénétrer, nous laissons sortir un couple avec une poussette. La femme a les traits fatigués mais arbore ce sourire que chaque jeune maman ne peut s'empêcher d'afficher à la vue de ce petit être tant désiré. L'homme est au téléphone et ses paroles se veulent rassurantes. Il ne quitte pas des yeux le nourrisson emmailloté, dont je ne distingue que les minuscules mains qui seront bientôt recouvertes par les petites moufles en tricot qui pendouillent de chaque côté du landau.

Nous entrons dans la cabine. Les portes se referment et quelques secondes plus tard, une voix qui grésille annonce le niveau quatre.

Tenant Louis par la main, je sors la première et Nathan nous emboite le pas. Il porte à bout de bras le sac avec tout mon nécessaire à l'intérieur, qui occupe sagement le coffre de la voiture depuis plusieurs jours afin que nous soyons certains de ne pas l'oublier.

J'ai la nausée mais je sais que ça va passer. Je n'ai jamais apprécié cette odeur aseptisée bien présente dans les hôpitaux ou autres lieux dont l'hygiène se doit d'être irréprochable. Ou c'est à cause du stress peut-être. Serais-je à la hauteur ?

Nous traversons un long couloir en direction des chambres, puis la voix de Julia nous interpelle.

— Hé ho !

Essoufflée – c'est rare mais ça arrive –, elle presse le pas pour nous rejoindre.

— Tout va bien Ma ?

— Oui, tout va très bien.

— Tu as tout ce qu'il te faut ? dit-elle en désignant le bagage que Nathan tient à la main.

— Oui, j'ai tout ce qu'il me faut.

— C'est quelle chambre ? Dans la précipitation j'ai complètement oublié de demander le numéro à l'accueil. Heureusement que je vous ai croisés.

— La 202, au bout du couloir.

Dans des moments comme celui-là, Julia ne peut pas s'empêcher de parler, contrairement à nous trois qui restons silencieux. Elle s'adresse à Nathan. On dirait une pile électrique.

— Quand tu m'as appelée ce matin pour me dire que le travail avait commencé, tu n'imagines pas dans quel état j'étais…

— Oh, si, j'ai même failli te demander de ne pas venir, tellement tu…

Julia, lui coupe la parole.

— … c'est dingue ! Et deux d'un coup en plus, waouh ! Vous ne faites pas les choses à moitié chez les Joubert. En même temps, c'était à prévoir. N'est pas ce qu'on dit généralement lorsqu'un des parents a un jumeau ?

— Si, il paraît en effet, dit-il légèrement distrait.

Nous sommes arrivés devant la chambre. La porte est fermée. Je m'apprête à l'ouvrir quand Julia me stoppe dans mon élan et sort deux mouchoirs en papier de son sac – un pour elle et un pour moi. Nous sommes tellement prévisibles, nous les femmes, dans ce genre de situation. Rien qu'en descendant de la voiture tout à l'heure, j'étais déjà submergée par l'émotion.

Cela fait environ neuf mois que nous avons emménagé dans notre nouveau chez nous. Nous nous y sentons bien. J'ai vendu ma voiture – elle ne m'est plus utile à présent –, et je ressentirais presque un certain plaisir à prendre les transports en commun. Qui l'aurait cru ?

Chaque jeudi désormais, nous sommes trois : Julia, Lucile et moi. Et depuis quelques mois, la pizzeria a cédé la place à un resto japonais dont les sushis sont à se damner.

En parlant de Julia, je suis heureuse de vous annoncer qu'elle épousera Damien l'été prochain. Un seul mariage en plein hiver lui aura suffi. Son futur époux a fait les choses dans les règles de l'art. Il a tout d'abord requis la permission d'Étienne lors d'un repas dominical en famille, lequel a bien entendu accepté. Puis, il a fait sa demande de la manière la plus romantique qui soit, sur les bords de Seine, un genou à terre, avec la promesse de nombreuses autres années de plaisirs partagés. J'ai une petite idée duquel il parlait en particulier. Pas de projet bébé à l'horizon. Ils profitent de leur nouvelle vie à deux et cela leur convient parfaitement. Je ne suis qu'à moitié surprise, Julia n'a jamais eu la fibre maternelle, et elle le dit elle-même : elle préfère pouponner ceux des autres.

Ah, et j'allais oublier ! Je suis ma propre patronne à présent. Je gère absolument tout comme je l'entends et ça me convient très bien. Il y a quelques mois, j'ai littéralement envoyé se faire voir mon misogyne de patron qui, à nouveau pour pas grand-chose, s'est comporté comme un « véritable connard », pour reprendre les mots de Julia. Et je n'en pense pas moins. Ça faisait déjà un moment que je m'ennuyais et, je dois reconnaitre que l'épanouissement professionnel de Julia et Lucile m'a également encouragée à me lancer.

J'entre la première.

J'ai remporté le *pile ou face* improvisé sur le parking. Nous souhaitions en effet, préserver la tranquillité des heureux parents en leur épargnant un trop grand nombre de visiteurs dans un si petit espace. Or, nous n'arrivions pas à nous mettre d'accord sur lequel de nous entrerait en premier.

J'ai choisi *face*.

Nathan, Louis et Julia attendent leur tour dans le couloir.

La pièce est baignée de lumière. Une lumière douce. Lucile est allongée sur le lit et donne le sein à l'une de mes petites nièces. Sa sœur est dans les bras de son père.

— Salut vous deux ! Euh enfin, je veux dire vous quatre ! Il va falloir que je m'y habitue maintenant, dis-je en chuchotant le plus possible pour ne pas réveiller les petites paisiblement endormies.

— Bonjour Marion, répondent-ils en chœur, affichant le même sourire que le couple croisé dans l'ascenseur.

Lucile a toujours su qu'elle donnerait naissance à des jumeaux. À l'annonce de sa grossesse gémellaire, elle ne fut pas surprise. Léon quant à lui, ne sut comment réagir. Au départ abattu par cette nouvelle, il ne voudrait pour rien au monde que les choses soient différentes aujourd'hui.

Léa et Mathilde sont nées un 27 décembre. Capricorne, comme leur tante unique et adorée. Tout s'est bien passé pour elles et pour leur maman. Un accouchement en quelques heures et sans aucune complication – mais qui aura tout de même causé deux malaises au papa.

Lucile se tourne vers moi.

— Marion, Léa vient de s'endormir, tu devrais en profiter peut-être.

— Oui, tu as raison, je vais préparer tout ce qu'il faut. Je vous laisse un instant, j'en connais trois qui doivent s'impatienter dans le couloir.

Je quitte la chambre en silence et cède la place à l'heureux tonton qui trépigne derrière la porte. Le petit cousin – tout aussi impatient – en profite pour se faufiler et courir embrasser sa tata Lucile. Il s'assoit au bord du lit pour ne pas gêner. Julia ne tardera pas non plus à les rejoindre.

Un court instant plus tard, chaque visiteur, petit et grand, se tient sagement dans un coin de la pièce et se mue dans un silence respectueux, attentif au moindre de mes gestes.

Je retire avec précaution mon appareil Reflex dédié aux séances, et je dispose délicatement sur le lit, les accessoires douillets aux ton pastel que j'ai choisis avec une attention toute particulière.

Mes petites nièces sont magnifiques.

Pour le moment, il m'est impossible de les différencier. Peut-être qu'en grandissant, elles se distingueront. Leurs minois sont impeccablement proportionnés et leurs cheveux brun foncé, raides comme des baguettes – ceux de leur papa –, sont dressés sur leurs petits crânes bien ronds.

Je m'épanouis dans mon nouveau travail.

C'est pour moi un privilège unique de capturer les premiers moments de la vie et permettre aux jeunes parents d'immortaliser ces instants éphémères et si chers à leurs yeux. J'ai suivi une formation par correspondance et j'exerce maintenant depuis près de quatre mois. Entre Nathan à l'école, Julia à l'office notarial et Lucile au service néonat, la publicité de ma petite entreprise s'est répandue comme une traînée de poudre. Près d'une vingtaine de familles m'a d'ores et déjà fait confiance et je remercie chaleureusement chacune d'entre elles.

Chaque rencontre est unique. Chaque rencontre est un nouveau défi. Et celui que je m'apprête à relever aujourd'hui, marquera le premier jour du reste de ma vie.

FIN

Remerciements

Il est évident que le premier merci vous revient à vous, mes enfants Camille et Paul, et mon compagnon Laurent, pour avoir supporté que je vous sois infidèle pendant de longs mois, préférant passer mes weekends et mes soirées (parfois même mes débuts de nuit), en compagnie de Marion, Louis, Julia, Nathan et tous les autres.

Merci aussi à vous, ma famille, mes amis(es), mes collègues (et tous les autres) pour avoir contribué de près ou de loin à l'élaboration de ce roman par vos encouragements et votre soutien.

Merci à la société BoD - Books on Demand GmbH - 31 Avenue Saint Rémy - 57600 Forbach, pour sa qualité de service.

Enfin, un grand merci à vous toutes et tous, chères lectrices, chers lecteurs, pour m'avoir suivie jusqu'à ces dernières pages. J'espère que vous aurez pris autant de plaisir à lire ce livre que j'en ai eu à l'écrire.

Pour en savoir un peu plus…

Je vis en région bordelaise et j'ai la petite quarantaine (vous vous contenterez de cela).

« Casser trois pattes à un canard » est mon premier roman. Un sacré défi au départ, une sacrée fierté à l'arrivée.

« Qui l'aurait cru ? »

Combien de fois ai-je entendu cela de la part de mon entourage. Il est vrai que je n'ai jamais exprimé un engouement particulier pour l'écriture (même moi je l'ignorais), je comprends donc cette réaction à chaud. Je ne sais pas si tous prendront le temps de lire ce roman, mais je me félicite déjà d'avoir créé la surprise rien qu'en leur annonçant ce beau projet et surtout son aboutissement.

Avant tout lectrice, ma volonté de me mettre à la place de celui ou celle qui parvenait à me procurer autant d'émotions rien qu'en tournant des pages, n'a fait qu'accroître au fil de mes lectures.

Et un jour, je me suis lancée.

Des heures et des heures de travail de construction de l'histoire et des personnages, d'auto-correction et de relecture acharnée, pour faire naître cette histoire captivante, émouvante mais surtout délirante.

Car, oui, je voulais avant tout faire rire. Et au vu des retours de ceux qui ont eu la chance de le lire en avant-première, le pari semble réussi.

Je pense notamment à mes amies Caroline, Chantal, Cathy, Jojo et Manue ainsi qu'à ma fille, ma mère et ma sœur… Et enfin à mon père qui, pour quelqu'un qui ne lit jamais, l'aura dévoré en trois jours.

Pour le mot de la fin :

Marion pourrait me ressembler (par son humour pourri et par ce qu'elle est, tout simplement). Certaines de ses péripéties auront peut-être été personnellement vécues par leur créatrice. Mais cela personne ne le saura jamais.

À part moi.

Lucy